新 潮 文 庫

十津川警部 赤穂・忠臣蔵の殺意

西村京太郎著

新 潮 社 版

11352

目次

十津川警部　赤穂・忠臣蔵の殺意

第一章 忠臣蔵

1

十津川《とつがわ》警部の机の上に、一枚のハガキがのっている。そこには、たった一行、こんな文字が、並んでいた。

「私は、覚悟を決めて、寺坂吉右衛門《てらさかきちえもん》になります」

これだけでは、意味がよく分からない文章だが、誰が書いたのかはすぐ分かった。

小西敬一郎《こにしけいいちろう》に違いない。

今朝、十津川が家を出ようとした時、郵便受けにこのハガキが入っていたのである。

十津川が、ハガキを睨《にら》んでいると、亀井《かめい》刑事が、そばに来て、

「そのハガキですが、何か、問題でもあるのですか?」

「今朝、家の郵便受けに入っていたんだよ。差出人の名前はないが、小西敬一郎だ」

「小西敬一郎というと、私たちの先輩の、池袋警察署のあの小西さんですか?」

「ああ、そうだ。あの小西警部だよ」

と、十津川が肯《うなず》いた。

小西敬一郎は、池袋警察署の警部である。亀井がいうように、十津川にとっても先輩である。

「小西さんは、なぜ、警部のところに、そのハガキを寄こしたんですか?」

「たぶん、去年の十二月に起きた、あの事件のせいだろう」

と、十津川が、いった。

去年の十二月二十六日、池袋のマンションで、歌舞伎《かぶき》役者の、尾上竜之介《おのえりゅうのすけ》が、女性と心中事件を起こした。

尾上竜之介は三十歳、若手の人気役者だった。

心中した相手は、二十五歳の、若い女性アナウンサーだった。

去年の十二月には、いつものように、歌舞伎座で忠臣蔵を、昼夜通しで、やっていた。十二月二十五日が、千秋楽で、二十六日から休みになる。

二十七日に、尾上竜之介が、テレビ局の若い女性アナウンサーと、遺体で発見されたのである。

青酸カリの入った焼酎《しょうちゅう》を飲んだ事による、中毒死であった。

この事件については、心中だと考える刑事もいれば、心中に見せかけた殺人ではないかと、疑う刑事もいた。

警視庁捜査一課は、竜之介の遺書があることから、心中事件と断定した。

これに対して、所轄《しょかつ》署の池袋署では、心中に見せかけた殺人事件だという意見が、多かった。中でも、特に強硬に、主張したのは、五十二歳のベテラン警部の小西敬一郎だった。

「思い出しましたよ」

と、亀井が、いった。

「あの事件が、心中と、断定された時、小西警部は、一人で机を叩《たた》いて、これは、心中ではありません。間違いなく殺人事件ですと、大きな声で、叫んでいましたね」

事件発生からすでに、三カ月余りが経過している。

「このハガキの文章の意味が、よく分かりませんが、小西さんは、今でも、あの事件は、殺人事件だと、考えているんでしょうか？」

「おそらく、そうだろう。だからこそ、こんなハガキを寄こしたんだろう」

十津川は、池袋警察署の小西に、電話をかけてみた。

小西は休暇中ということで、代わりに、署長が電話に出て、

「実は、私の家にも、小西警部からハガキが、送られてきています」

「私のところに来たハガキには、『私は、覚悟を決めて、寺坂吉右衛門になります』と、書いてありましたが、署長のところに届いたハガキも、同じ文面でしたか？」

「同じです」

「小西警部は、何日の休暇願を出しているんですか？」

「一応、有給休暇が、二十日残っていますから、それを全部取りたいと、昨日から休んでいます」

「二十日間全部ですか？　ずいぶん、長いですね」

「そうなんです。こういうことをされると、仕事に、差し障《さわ》るのですが、小西警部は、ひょっとすると、辞職も、覚悟しているのかもしれません」

と、署長が、いった。

「小西警部の行き先は、分かりますか？」

「それが全く見当がつきません」

「小西警部には、たしか、娘さんが、いましたね？」

「はい。一人、娘さんがいますが、すでに結婚しています。奥さんは、二年前に亡《な》くなっているので、現在は、独身です」

と、署長が、いった。

十津川は、電話を切ると、また考え込んでしまった。

小西敬一郎は、先輩である。だからといって、小西敬一郎のことを、心配しなければならない理由はない。小西が何をしようと、あくまでも小西の個人的な問題で、十津川には関係がない。

そう割り切ろうと、思えば、できるのだが、去年の事件のことが、あるので、十津川は、簡単には、割り切ることができなかった。

一応、心中事件と、断定され、捜査は終了しているのだが依然として、殺人事件ではないかという疑いは、わずかではあるが、残っていた。

去年十二月の、忠臣蔵では、尾上竜之介は、塩冶判官《えんやはんがん》（浅野内匠頭《たくみのかみ》）と早野勘平《はやのかんぺい》の二役だった。その美男ぶりが惚《ほ》れ惚《ぼ》れすると、いくつかの新聞が誉《ほ》めていた。

尾上竜之介の父親は、尾上栄泉《えいせん》。押しも押されもせぬ東京歌舞伎の、大御所である。尾上竜之介は、将来、栄泉を継ぐだろうといわれていた。それだけ将来を嘱望される歌舞伎役者が、はたして、心中事件を起こすだろうかという声も、たしかに、高いのである。

心中の相手は、山本由美。中央テレビのアナウンサーで、現代的な美貌《びぼう》と頭の良さを買われて、今年の春から、ゴールデンアワーのアシスタントに、起用されることが決まっていた。どう考えても、男のほうにも、女のほうにも、心中する理由は、ないじゃないかというのである。

しかし、遺書があった。

尾上竜之介が書いた、遺書である。鑑識が、徹底的に調べたが、間違いなく、尾上竜之介本人の、筆跡であることが、判明した。

歌舞伎役者らしく、筆で書かれた、達筆な遺書だった。

「よんどころなき事情により、彼女と心中をいたすことと、なりました。皆々様に、ご迷惑をおかけいたすことになり、誠に申し訳ございませんが、尾上竜之介、一世一代の死出の旅と、ご容赦くださるよう、お願い仕《つかまつ》ります。

尾上竜之介」

これが遺書の全文だった。

「ハガキにある寺坂吉右衛門というのは、たしか、忠臣蔵の中に出てくる、浪士の一人でしたね？」

亀井がきく。

「そうだよ。いつも忠臣蔵では、問題になる浪士なんだ。赤穂《あこう》浪士は、全部で、四十七人といわれているが、この寺坂吉右衛門は、一人だけ、腹を切って死んではいない。だから、主君の仇《あだ》を討《う》った後、腹を切ったのは、四十七人ではなくて、四十六人なんだ」

と、十津川が、いった。

「寺坂吉右衛門は、仇討ちをせずに、逃げた卑怯者《ひきょうもの》だという話を、何かの本で、読んだような記憶があるのですが」

と、亀井が、いう。

「たしかに、この寺坂吉右衛門は、忠臣蔵の話になると、いつも、毀誉褒貶《きよほうへん》半ばするんだ。いざ、討ち入りという時に、怖くなって、逃げた卑怯者だという説もあるし、討ち入りには、参加したが、泉岳寺《せんがくじ》に行く途中で、大石内蔵助《くらのすけ》から、ある密命を帯びて、一人だけ離れて、その役目を果したという人もいる」

「大石内蔵助の密命というと、一行と別れて、仇討ち成就《じょうじゅ》のことを、浅野内匠頭の奥方に知らせに行った。そういうことですね？」

「それから、浅野内匠頭の弟、大学にも知らせに行ったとも、いわれている。その後、寺坂吉右衛門は、八十三歳まで長生きしている」

「そうすると、寺坂吉右衛門の墓は、泉岳寺には、ないわけですか？」

「いや、他の浪士の墓と一緒に並んでいるという話を聞いたことがある。どうだ、カメさん、このあと、泉岳寺に、行ってみないか？」

十津川が、亀井を誘った。

2

二人は、本多一課長に訳を話して、昼休みに、高輪《たかなわ》の泉岳寺に、出かけた。

泉岳寺は、浅野家の菩提寺《ぼだいじ》である。江戸城松の廊下で、吉良上野介《きらこうずけのすけ》に、斬《き》りつけたため、切腹することになった、浅野内匠頭の墓も、この、泉岳寺にある。

大石内蔵助たちは、本所《ほんじょ》の吉良邸に討ち入りし、吉良上野介の首を取った後、その旨《むね》を浅野内匠頭の墓前に、報告するために、歩いて高輪の泉岳寺に向かった。

十津川と亀井は、泉岳寺に着くと、住職に話を聞くことにした。

「赤穂浪士の方々は、無事、主君の仇、吉良上野介の首を取って、こちらまで、歩いてきて、主君の墓前に、報告をされました」

と、住職が、いう。

「その後、吉良上野介の首は、どうなったんですか？」

と、亀井がきいた。

「寺のほうで、お預かりしました」

「預かって、その後は、どうされたんですか？」

「浅野内匠頭様の墓前に、吉良上野介の首を捧《ささ》げれば、それでもう、敵討《かたき》ちは終わったわけですから、この泉岳寺に、吉良上野介の首を置いておいても仕方がないのです。その一方で、吉良家にも、もちろん菩提寺がありますが、その寺では、胴体だけあっても、首がなければ埋葬できませんから、こちらから、吉良さんの首を、吉良家に届けたと伝えられています。その時の受取状が、今も、残っているんですよ」

二人の吉良家の家臣から、泉岳寺の僧侶《そうりょ》に宛《あ》てて出された、首級受取状というものが、泉岳寺の赤穂義士記念館に、展示されているという。

「もう一つ、教えていただきたいことが、あるのですが、寺坂吉右衛門という浪士が、いましたよね？」

「ええ、おりました」

「この人は、討ち入りが、怖くなって逃げてしまったとか、あるいは、大石内蔵助の密命を帯びて、途中から、みんなと別れて、別行動をしたとかいわれているのですが、この泉岳寺には、大石内蔵助以下、浪士たちの、お墓があるわけでしょう？　その中に、寺坂吉右衛門のお墓もあると聞きましたが？」

と、十津川が、きいた。

「最初は、ありませんでしたが、その後、四十六人のいちばん端に、少し小さなお墓ですが、寺坂吉右衛門の供養墓が、この泉岳寺に、作られました」

住職は、気さくに、その場所に案内してくれた。

たしかに、大石内蔵助以下四十六人の墓石のいちばん端に、ほかよりも、少しばかり小さい墓石がある。それが、寺坂吉右衛門の供養墓だと、住職が、教えてくれた。

「大石内蔵助以下四十六人は、この、泉岳寺まで、仇討ち成就の報告に、来ていますが、寺坂吉右衛門は、一行の中には、入っていません。その理由については、諸説があって、はっきりしないんですよ」

住職は、寺坂吉右衛門が四十七士に入っていない理由の諸説を、いくつか挙げてくれた。
一、当夜、吉良邸には来なかった。
二、吉良邸の前まで行ったが、討ち入りには参加せずに立ち去った。
三、討ち入りには参加したが、引き揚げの途中自分から立ち去った。
四、討ち入りが済んで、大石内蔵助や吉田《よしだ》忠左衛門《ちゅうざえもん》から、立ち去れと、命令された。
「大石内蔵助以下四十六人は、討ち入りの後、全員が、切腹したわけでしょう？　そして、遺骸《いがい》は、この泉岳寺に送られてきたのですか？」

「そうです。そこで、こちらで四十六人の戒名《かいみょう》をつけました」

その戒名には、全《すべ》て刃《じん》という字と、劒《けん》という字を入れているという。例えば、大石内蔵助は、忠誠院刃空浄劒居士《こじ》であり、堀部《ほりべ》安兵衛《やすべえ》は、刃雲輝劒信士《しんし》と、どの戒名にも必ず、刃という字と、劒という字が入っている。

「これは、自らの命を顧みずに、仇討ちを遂げた。そういう意味で、四十六人全ての戒名に、刃という字と、劒という字が入れてあるのです」

と、住職が、いった。

「寺坂吉右衛門のお墓には、それが、ついていないわけですか？　切腹していないわけだから」

「その通りです」

十津川が、改めて寺坂吉右衛門の供養墓を見てみると、たしかに、戒名は、遂道退《すいどうたい》身《しん》信士とあって、刃という字も、劔という字も、入っていなかった。

住職が、立ち去ると、

「なかなか面白い話でしたね」

亀井が、満足そうにいうのへ、十津川は、

「小西警部は、寺坂吉右衛門になります、という言葉を残していなくなった。今までに、住職から聞いた話では、小西警部の残した言葉の意味がわからない。だから、もっと深い話を聞ければ、わかってくるんじゃないか」

と、いった。

「もっと深い話ですか？」

「それにだ。去年の十二月二十六日に、亡くなった尾上竜之介は、芝居で、忠臣蔵をやっていて、その直後に、死んでるんだ」

「確かに、忠臣蔵で繋《つな》がりますね」

と、亀井が、いった。

「もし関係があった時に、その謎《なぞ》を解くためには、私の知識では、きわめて、浅いんだ」

「私もです」

「だから、この際、ここの住職から、もっと赤穂義士や、当時の時代背景について、話を聞きたいんだ」

「住職は、いろいろ知っているでしょうか？」

「泉岳寺の住職だからね」

「小西警部は、忠臣蔵には、詳しかったんですかね？」

「彼が、どちらを問題にしていたかが、私には、わからないんだ」

「どちらと、いいますと？」

「赤穂義士の討ち入りと、忠臣蔵とは、違うんだ。つまり、史実と芝居の違いだよ」

「かも知れませんが、私の頭の中では、一緒になってしまっています」

「たいていは、そうなんだ。最初、殿中松の廊下で、浅野内匠頭が、『この間の遺恨覚えたるか』と、いきなり吉良上野介に斬りつけて、この事件は始まっている。翌年、赤穂浪士が主君の仇、吉良上野介を討ち取って、事件は終っている。だから、この事件は、『赤穂事件』としか呼ばれなかった。ところが、四十七年後にこの事件が、『仮《か》名手本《なでほん》忠臣蔵』という芝居になって、一躍有名になった。忠臣蔵という名前も、この時から、人々に知られたんだ。それが、今や、『忠臣蔵』という名前で、歴史上の事件まで、語られるようになった」

「確かに、そうですね。しかし、芝居の忠臣蔵と、歴史上の仇討ちとはどのくらい違っているんですか？」

と、亀井が、きいた。

「私も、くわしいわけじゃないが、よく知られているのは、お軽《かる》勘平のエピソードだろう。芝居では、見せ場になっているが、こんな事実はない。義士の一人、大高源五《おおたかげんご》と、宝井其角《たからいきかく》とが、討ち入りの前日、橋の上で会って俳句を取り交わしたり、大石内蔵助の十五歳の息子主税《ちから》に、許嫁《いいなずけ》がいたりするのは、芝居の筋で、実際ではないといわれている」

「そういえば、尾上竜之介は、その芝居の方で、勘平もやっていたんでしたね」

「そうだよ」

「じゃあ、住職の所に、戻りましょうか」

「泉岳寺が、吉良上野介の首を吉良邸に届けたというのは、面白いから、受取状を、見せてもらおうじゃないか」

と十津川はいった。

亀井が頼むと、住職は、首級受取状を見せてくれた。
それには、こんな文字が、並んでいた。
「一、首　一ツ
一、紙包　一ツ
右の通り、たしかに請け取り申し候《そうろう》
念のため、かくのごとくにござ候
以上
十二月十六日」
これが、吉良上野介の首を受け取った家老が、泉岳寺の僧に渡した証文である。
「この首一つは分かりますが、紙包み一つというのは、いったい、何ですか?」
亀井が、住職に、きいた。
「赤穂浪士たちは、吉良上野介の首を取った後、その首を、紙に包んで、泉岳寺まで持ってきたのですよ。吉良家の人に、首を渡す時も、その紙に包んだまま、渡しましたから、それで、首一つ、紙包み一つと、書いてあるんです」
「妙に、律儀《りちぎ》ですね」
と、十津川が、いった。

「そういう時代でしたから」

「しかし、この時代というのは、将軍が、徳川綱吉《つなよし》の時代で、いわゆる、元禄《げんろく》時代じゃないですか？」

「そうですよ。将軍綱吉の、三十年の治世を元禄時代と呼ぶ人が多いですね」

「将軍綱吉というと、生類憐《しょうるいあわれ》みの令という、犬を大事にして、庶民に、迷惑をかけた将軍、そんなことしか、思い浮かびませんし、元禄というと、文化が、爛熟《らんじゅく》した時代じゃありませんか？　そして、柳沢吉保《やなぎさわよしやす》が政治を預かって、無茶なことをしていたので、ワイロが横行した。そんな時代だったみたいに思えるんですがね」

と、十津川が、いった。

「それは、将軍綱吉の最後の頃でしょう？　綱吉という将軍は、大変頭のいい人で、将軍になった時には、一つの政治理念を持っていたんですよ。その政治理念というのは、儒教と仏教、それに、徳川の威信の三つで、政治をやっていこう。それも、老中たちに委《まか》せず自分の手で政治をやっていこうと心に誓って、将軍になった人なんですよ。それまでは、将軍というのは、単なる飾りもので、老中たちが、実際の政治をやりたいようにやっていたのです。それを、綱吉という人は、自分が直接、政治をやるようになったのです。綱吉が、生類憐みの令を出したのも、仏教的な気持ちからだったと、いわれています。お犬様みたいないわれ方をされていますが、当時の江戸は、野良《のら》犬が、やたらに、いましてね。子供を噛《か》んだりして、ケガをさせることも、多かったのです。そこで、綱吉は、江戸に野良犬たちを集めるような、大きな土地を用意して、そこに一万匹以上の野良犬を、集めたといいます。お陰で、子供たちが、野良犬に噛まれることが、なくなったと、いわれています。

また、生類憐みの令は、もともと、犬のために作ったものではなくて、その頃、生活に困った人たちが、子供を捨てて顧みなかった。その捨て子を助けようとして、作られた法令だったんですよ。捨て子を見つけたら、必ず育てるといった法令です。ただ、綱吉は、とにかく、儒教と仏教、それに、徳川の威信を何としてでも守っていこうと決心した。そうしないと、将軍家の威光が保てなくなってしまう。ですから、厳格な上にも厳格に、法律を、守らせようとした。今、警部さんが、いわれたような、だらしのない時代では、なくて、逆に、厳しい時代だったんですよ。その理念が、浅野内匠頭の松の廊下での刃傷《にんじょう》に対しても生かされて、喧嘩《けんか》両成敗という意見も、あったのですが、綱吉にとって、浅野内匠頭のやったことは、徳川の法令に違反しその威信を傷つけたことは間違いない。そこで、浅野内匠頭に切腹を命じ、被害者の、吉良上野介は、何のお咎《とが》めもなかったのです。それが、四十七士の討ち入りに、繫がってしまうのですが、この贔屓《ひいき》したような、厳しさは、綱吉自身の厳しさでもあったのです」

「そうですか。将軍綱吉の時代は、だらしのない時代ではなくて、逆に、厳しい時代だったんですか」

「ええ、そうです。綱吉は、日本全国の四十六もの大名たちを改易や減封に、しています。少しでも、徳川家に反感を抱いたり、決まりを守らない大名は、絶対に許さなかった。そういう時代です。浅野内匠頭の殿中での刃傷を、絶対に許せなかったのは、浅野内匠頭が、徳川家が作った掟《おきて》を、破ったからなんですよ。だから切腹を命じ、浅野家は、取り潰しになってしまいました」

「なるほど」

「こうなると、赤穂浪士の討ち入りは、ただ単に、主君の恨みを、晴らしたというだけではなくて、理由も聞かずに、主君を切腹させた、徳川の権威に対して、浪士たちが、反抗したのだという説を、唱えている人もいるくらいです」

「やはり、私は、どうしても、寺坂吉右衛門のことが、気になってしまうのですよ」

「そうですね。たしかに、忠臣蔵のことを、熱心に、研究している方は最後に、寺坂吉右衛門のことを、問題にされますね」

と、住職が、肯く。

「さっき、寺坂吉右衛門の、お墓を見せていただきましたが、最初、この泉岳寺で、埋葬したのは、全部で、四十六人だったわけですよね？」

「その通りです。赤穂浪士四十六人は、仇討ちをとげたあと、四つの大名家に、預けられました。年が明けてから切腹を命ぜられ、遺骸が、この泉岳寺に、運ばれてきました。それが今、警部さんが、おっしゃったように、四十六人です。寺坂吉右衛門がいませんから。それで、この方々を、戒名をつけ、埋葬しました」

「戒名には必ず、刀の刃と、劔という字が入っていると、さっき、教えて頂きましたが」

「それに、墓石には、俗名も書いてあります」

「後から、寺坂吉右衛門のお墓が追加されて、全部で四十七人ということになりますね？」

「いや、全部合わせると、四十八人のお墓があります」

と、住職が、いった。

「しかし、最初に埋葬した赤穂浪士の人数は、四十六人だったんでしょう？　それに、後から寺坂吉右衛門が追加されたんだから、四十七人になるじゃありませんか？　全部で、四十八人というと、誰のお墓が追加されたのですか？」

「それは、萱野《かやの》三平《さんぺい》という人の供養墓です」

と、住職が、いった。

「萱野三平って、どこかで聞いたような名前ですね」

と、亀井が、いう。

「仮名手本忠臣蔵の早野勘平のモデルになった人じゃありませんか？」

と、十津川が、いった。

住職は、

「その通りです」

と、いって、ニッコリした。

「この萱野三平という人は、大石内蔵助と一緒に、主君の仇討ちをするつもりだったのですが、父の主人の大島伊勢守《いせのかみ》に奉公するように命じた父親に、討ち入りのことをいえず、進退きわまってしまう。そして、内匠頭の月命日に、自害したんですよ。何年か経《た》った後に、この泉岳寺に、供養墓が建てられました。後ほど、ご覧になってください」

「最後に、もう一つだけ、お聞きしたいのですが、寺坂吉右衛門の行動については、さまざまな、議論がされていますよね？　ご住職は、さっき、いくつかの説があるとおっしゃって、四通りの見方を、教えてくださったが、ご住職自身は、どう、考えていらっしゃるのですか？　私が読んだ本の中で、徳富蘇《とくとみそ》峰《ほう》は、大正時代に書いた『近世日本国民史』の赤穂義士の項目の中で『事実を曲ぐるわけには参らない。吾人は事実を事実として、これを正視せねばならぬ。而《しこう》して事実はすなわち吉良邸門前よりして、吉右衛門は逃亡したのだ。ゆえに彼を義士中に加うべきでない』と書いていますが、ご住職は、寺坂吉右衛門を、どう見ておられるんですか？」

　十津川がきいた。

「私は、寺坂吉右衛門は、間違いなく、吉良邸に討ち入りした義士の中に入っていたと思っています。泉岳寺に向かう途中で、大石内蔵助の命令で、一行から離れたという意見です」

「それを、裏付ける、何か証拠があるんですか？　吉良邸に討ち入りした義士の中に、寺坂吉右衛門は、いなかったという説もあるわけですが」

「大石内蔵助が書いた書簡の中に『吉右衛門は、十四日の晩までは、たしかにいたが、吉良の屋敷では、姿を見ていなかった。身分の低い人間だから、仕方がない』と、書いてあるので、今、警部さんがいった徳富蘇峰は、『近世日本国民史』の中で『寺坂吉右衛門は、逃げた人間だから、義士の中に入れてはいけない』と、決めつけているんです。しかし、義士たちが吉良邸に討ち入りして、吉良上野介の首級を上げた後、人数を、数えているんですよ。その時には、四十七人、全員が、間違いなくいたと、いいますから、寺坂吉右衛門は、吉良邸の前から逃げたのではなくて、吉良邸には、ちゃんと討ち入りを、しているんです」

「なるほど」

「もう一つ、面白いものをお見せしましょう」

「いったい、何ですか?」

十津川が、きくと、住職が見せてくれたのは、横長の、版画のような絵である。

「これは、引き札というもので、今でいう、チラシですね。これは、本物ではなくて写しですが、宣伝のために、江戸から明治大正時代に作られているんです。その宣伝の材料に、赤穂義士が描かれているんです。それだけ、赤穂義士が有名だったということでしょうね。この四枚の引き札を、よく、ご覧になっていただけませんか。最初の一枚は、簡単に分かりますが、大石内蔵助と、子息の主税の二人が、赤穂城を、明け渡した時の絵で、二人は、口惜《くや》しそうに城のほうを、見ています。ここに材木店の名前があるでしょう?」

「ええ、たしかに、ありますね」

「つまり、この絵とは、全く関係のない、材木屋の宣伝のチラシで、明治時代に作られたものです。次の一枚は、義士の一人、神崎与五郎《かんざきよごろう》が、いよいよ、仇討ちのために、江戸にやってきた。その途中の絵です。山本酒店と、書いてありますが、神崎与五郎とは、何の関係もありませんが、この山本酒店が、忠臣蔵の人気に、あやかって、明治時代にばら撒《ま》いたチラシです。三枚目は、これも赤穂義士の一人、大高源五の笹《ささ》売りの絵です。畳製造販売と書いてあります。これも、忠臣蔵の人気にあやかって、畳屋さんがチラシに使ったわけです。最後の四枚目、これは、酒と醤油《しょうゆ》を商っている、中山商店という店が配った引き札、チラシです。ここには、三人の、赤穂義士が、酒を飲んでいるところが描かれています。討ち入り直前に、酒を飲んで、気勢を上げている三人の義士ということで、火消しの装束で、胸のところに、名前が書いてあるでしょう？　それを読むと、赤埴源蔵《あかばねげんぞう》、堀部安兵衛、寺坂吉右衛門に、なっているんですよ。このチラシを作った中山商店の口上が、書かれてあります。それを読むと、仇討ちの前に、四十七士が酒を酌《く》み交わして、見事に、仇討ちを、果たした。この中山商店もそれにあやかって大繁盛《だいはんじょう》する。そんな宣伝文句が、入っています。これを作った人は、寺坂吉右衛門が、吉良邸の討ち入りに加わっていたことを、知っていて、この引き札を作ったとしか思えません。ほかにも、この三人が、討ち入り直前に、酒を酌み交わしているというチラシがあるんですよ」

と、住職が、いった。

「この引き札の本物は、どこにあるのですか?」

「たしか、播州《ばんしゅう》赤穂の、博物館にあるはずですよ」

と、住職が、教えてくれた。

3

次に、十津川と亀井の二人が、訪ねたのは、小西敬一郎の一人娘、美奈子のところだった。

美奈子は、三年前に、三歳年上のサラリーマンと、結婚して、現在は、三鷹《みたか》のマンションに、住んでいた。目的のマンションは、JR三鷹駅からバスで七、八分行ったところに、あった。

二人が、訪ねた時、夫はまだ帰宅していなくて、美奈子は、生まれたばかりの幼女をあやしながら、十津川たちの質問に、答えてくれた。

「ええ、父から電話がありました。何でも、二十日ほど、休暇を取ったので、旅行に行ってくる。もし、誰かに、行き先を聞かれたら、大事な仕事で、出かけているので、行き先は分からないと答えてくれればいいといわれました。行き先を聞いたのですが、教えてくれませんでした」

と、美奈子が、いう。

「あなたにも、お父さんの行き先は、分かりませんか？」

「残念ですけど、分かりません。心配になったので、父の携帯に、電話をしてみたんですが、全然出ません。たぶん、誰が、電話をしても、父は、出ないつもりなんだと、思います」

「去年の十二月二十六日、池袋のマンションで、歌舞伎役者の、尾上竜之介が、若い女性アナウンサーと、心中したのですが、この事件のことで、お父さんから、何か聞いていませんか？」

「ええ、聞いています」

「どんなふうに、小西さんは、いっていたんですか？」

「父は、あの事件の捜査で、とても張り切っていたのです。あんなに、張り切っている父を見るのは、久しぶりでした。これは絶対に、心中に見せかけた殺人だ。単なる心中なんかじゃない。父は、そう、いっていました。でも、結局心中という結論になり、捜査が、終了してしまって、父がすごく、悔しがっていたのを、今でもよく覚えています」

「心中ということで、決着がついた後も、小西さんは、殺人だと、思い続けていたフシがあるんですよ」

「はい。ただ父も、警察という組織の中の一人ですから、上からの命令には逆らえないだろうと、思っていました。でも、たしか、三月頃でしたか、酔っ払って、夜遅くに、私に、電話をしてきたことがあるんです」

「小西さんは、その時、どんなことを話したのですか?」

「何でも、署長とケンカをしてしまって、今、一人で、ヤケ酒を飲んでいる。署長は、どうして、俺の考えを、分かってくれないのか? 一人でも、分かってくれる人間がいれば、俺も何とか、我慢ができる。誰も、分かってくれないとなると、俺は、我慢ができなくなるんだ。そんなことを何度もしつこく、父は、わめき散らしていました」

と、美奈子が、いった。

去年の十二月二十六日に、起きた事件に対する、十津川たち、警視庁捜査一課の見解は、心中事件だったが、所轄署の刑事たちの見方は、心中事件に見せかけた、殺人事件の可能性が強いというものだった。

中でも、いちばん声高に、殺人事件説を主張していたのが、ベテランの、小西敬一郎警部だった。

しかし、遺書があったこともあり、次第に、心中説を、主張する刑事が多くなってきた。そして最後には、心中事件として、処理され、捜査は、終了してしまった。

「そうですか。署長や他の刑事たちも、心中説に傾いて、小西さんは、ますます孤立してしまっていたんですね」

と、十津川が、いった。

「その後、小西さんは、今日まで、どんなことをしていたのか、分かりますか？」

「私が心配して、父に、電話をかけると、『大丈夫だ。もう、あのことは、きっぱり諦《あきら》めることにした。新しい事件の捜査に、全力を尽くすよ』と、そんなことをいっていたんですが、同僚の方が心配して、私に、こんなことをいっていました。『どうも最近、小西警部は、捜査に力が入っていない。時々、ぼんやりと、何か考えているし、突然、今まで、見たこともない歌舞伎を、見に行ったりもしている。やっぱり、あの事件に、今でも、未練があるんだ』と」

「誰か、小西さんの行き先を、知っていそうな人は、いませんかね？」

十津川が、きくと、美奈子は、しばらく考えてから、

「週刊ジャパンの、坂井さんなら、知っているかもしれません」

週刊ジャパンは、今年になってから、事件を扱った特集記事を出したが、そのタイトルは、

「歌舞伎役者心中事件の真相」

という、いかにも挑発的なタイトルだった。

そこには、心中というのは見せかけで、本当は殺人事件であり、その動機には、芸能界、というよりも、歌舞伎の世界の、怨念《おんねん》のようなものが流れていると、書かれていた。

しかし、その怨念がどんなものかは、書かれていない。

おそらく、週刊ジャパンの記者の間でも、それは、分かっていないのだろうと、十津川はそんな感想を持ったのだが、小西にしてみれば、週刊ジャパンの記事が、唯一《ゆいいつ》の、救いになっていたのかもしれない。

「週刊ジャパンの坂井という記者ですね？」

「ええ、たしか、坂井義之《よしゆき》さんとおっしゃったはずです」

「会ったことが、あるんですか?」

「いいえ、会ったことは、ありません。でも、父から、時々、その名前を、聞かされていたので、覚えてしまったのです。父が、よくいっていました。『週刊ジャパンの坂井さんが、今の俺にとって、唯一の味方なんだ』って」

と、美奈子が、いった。

4

十津川と亀井は、今度は、神田にある週刊ジャパンを、発行しているT出版に行ってみることにした。

T出版は、さして、大きな出版社ではない。そこの小さな応接室で、二人は、週刊ジャパンの編集長、青山に会い、

「記者の、坂井義之さんに、お会いしたいのですが」

と、十津川が、いうと、青山編集長は、

「坂井君でしたら、今、取材で、出かけています」

と、いう。

「どんな取材ですか？」

「例の、歌舞伎役者心中事件の特集記事の評判がいいので、坂井君に、もう少し、突っ込んだ取材をしてくれ、時間は、いくらかかってもいい。経費も、それなりに使っていい。そういって、あるんですよ。どこに行ったのかは、いえませんが、心中事件の真相、あの記事の続編を、まとめるために、出かけています」

「池袋警察署に、小西敬一郎という、五十代の警部がいるのですが、彼のことは、ご存じですか？」

亀井がきいた。

「よく知っていますよ。時々、こちらに来て、坂井君と、問題の事件について、話をしていますから」

「週刊ジャパンの特集記事、読みましたよ」

十津川が、いうと、青山編集長は、ニッコリして、

「警察は、心中だと、断定されましたよね？」

「そうです。尾上竜之介の、遺書がありましたから」

「しかし、絶対に、心中ではありませんよ」

青山が、キッパリと、いった。

「尾上竜之介本人の筆跡だと、断定されているんですよ。心中ではないという証拠は、あるんですか？」

亀井が、強い口調で、きいた。

「はっきりした証拠は、ありませんけどね。若手の、それも、将来の歌舞伎界を背負《しょ》って立とうかという役者がですね、いくらよんどころない事情があっても、心中するはずがないじゃありませんか？　いいですか、刑事さん、同じ芸能界といっても、歌舞伎の世界は、少し違うんですよ」

青山編集長は、まるで、十津川や亀井に、教えるような口調で、いった。

「どう違うんですか？」

亀井が、むっとした顔になっていた。

「例えば、昔、役者は、女遊びも恋愛も芸の肥《こ》やし。そんなふうに、いっていましたが、今は、そんなことは、通用しない。しかし、歌舞伎の世界では、少しだけ、ほかの、芸能界とは、違うんじゃないか？　そんなふうに考えているんですよ。今だって、歌舞伎役者が、女性を、冷たく捨てたって、ほかの芸能界の人間のようには、批判されない。今でも、芸の肥やしのような、空気があるんですよ。だから、尾上竜之介が、女性と、心中したというようなことは、全く考えられません。坂井君だって、そう考えていますよ」

「坂井さんは、歌舞伎の世界に、詳しいんですか？」

「学生時代から大好きで、よく観《み》ていたそうです。彼が中心になって、日本の古典芸能を、特集したこともあります。そのときも、一生懸命になって、歌舞伎の本や、忠臣蔵の本を集めては、読んでいましたよ。また、わざわざ歌舞伎座の楽屋を訪ねて、話を、聞いたりしていたんですよ。あの事件が起きてからは、池袋署の小西さんも、時々ウチに来て、坂井君と一緒に、歌舞伎の世界や、あるいは、忠臣蔵について、熱心に、話をしていましたね」

「その時、小西警部は、どんなことをいっていましたか？」

と、十津川が、きいた。

「最初は、あまり、自分のことは、話されませんでしたがね。そのうちに、坂井君と気が合ったのか、警察は、あの事件を、心中として片付けてしまったが、あれは絶対に、心中に見せかけた殺人事件だと、いっていました。坂井君と一緒になって、歌舞伎の世界や、あるいは、忠臣蔵を勉強すると、ますます、その確信が、強くなった。だから、いつか絶対に、この事件を再捜査して犯人を、逮捕してやるともね。どうして、警察は、捜査を再開しないのですか？」

「実は、小西警部が、行き先を、告げずに、姿を消してしまいましてね。われわれも心配しているんですが、こちらで、彼の行き先は、分かりませんか？」

「私には分かりませんが、もしかすると、坂井君なら、知っているかもしれません」

青山編集長は、坂井という記者の携帯に、電話をかけてくれた。

しかし、坂井は、電話に出なかった。

十津川と亀井は、坂井からの折り返しの電話があるのを待つことにした。

一時間待っても、連絡がない。

青山は、眉《まゆ》をひそめると、

「おかしいですね。電話がありませんね。いつもは、すぐに折り返してくるのに。こんなことは、初めてですよ。どうしたんだろう？」

と、いった。

十津川は、イヤな予感が、してきた。

第二章　もどり

1

十津川は、厳しい目で、青山の顔を見つめた。

「坂井さんは、週刊ジャパンの記事の続編を書くために、取材に行っていると、いわれましたね？　それなら当然、どこに、取材に行っているか、分かっている筈《はず》です。それを教えてください」

「坂井君の身に、何か、あったんでしょうか？」

青山も、急に不安げになった。

「取材に出かけて、携帯に、出ないことがあるんですか？」

「いや、電話に出られなくても、すぐに折り返してくるはずです。一時間も、連絡してこないなんて、今まで、ありませんでした」

「それなら、何かあったと、見たほうがいいでしょう」

「それにしても、いったい、どうしたんだろう？」

「坂井さんが、どこに行ったか、教えてください」

十津川は、繰り返した。

「赤穂《あこう》線の、播州《ばんしゅう》赤穂に行っている筈です」

と、青山が、いった。

「赤穂というと、兵庫県ですよね？」

「ええ」

「赤穂線という路線が、あるんですか？」

「ええ、あります」

十津川は、赤穂という地名は知っていたが、赤穂線という鉄道があることは、知らなかった。

青山の話によると、赤穂線というのは、山陽新幹線の相生《あいおい》駅から、東岡山駅までを繋《つな》いでいる路線で、いわば、山陽新幹線と、山陽本線という幹線に対して、そのバイパスのような役目を、果たしている路線だという。

相生から、三つ目の駅が播州赤穂駅で、城の明け渡しで有名な、赤穂城があったところだという。今は、赤穂城跡になっている。

「それに、大石内蔵助《くらのすけ》と赤穂浪士を祀《まつ》った大石神社で有名ですよ」

と、青山がつけ加えた。

「そこに、坂井さんは、何の取材に、行ったんですか？」

「実は、坂井君も、池袋署の小西さんと、連絡が取れなくなって、小西さんは、この赤穂線の、播州赤穂に、行ったんじゃないかと考えたらしいのですよ。赤穂線の播州赤穂に、行って、小西さんを探してみると、出かけていったのです。しかし、なぜ、坂井君が、携帯に出ないのか分かりません。何事も、なければいいのですが」

青山が、心配そうな顔で、繰り返している。

十津川は、警視庁に戻ると、上司の三上《みかみ》刑事部長に、

「明日、赤穂線の、播州赤穂に行ってみたいと思います」

と、告げた。

予想通り、三上刑事部長は、眉《まゆ》を寄せた。

「念のために、いっておくが、去年の十二月に起きた、尾上竜之介の事件だが、あれはすでに、心中と、断定されて、捜査は、終了しているんだ。もちろん、そのことは、分かっている筈だ。まさか、君は、それをひっくり返して、捜査をやり直したいなんて、考えているんじゃないだろうね?」

「そのつもりは、ありません」

「じゃあ何のために、赤穂に行くんだね?」

「池袋署の小西敬一郎警部ですが、どうやら彼は、二十日間の休暇を取って、十二月二十六日の心中事件について、個人的に、調べに出かけていったらしいのです。彼と親しい記者によると、今、部長に申し上げた、赤穂線の播州赤穂に行っている可能性が、高いのです」

「小西警部は、個人的に、休暇を取って、勝手に、どこかに出かけたんだろう? 小西警部が個人的な興味で、何処《どこ》へ行ったって構わないじゃないか? それとも、何か、事件が、播州赤穂で、起きるとでも、思っているのかね?」

「実は、親しい記者というのは、十二月二十六日の事件について、週刊ジャパンに記事を書いた坂井義之という男なのですが、彼も、どうやら、小西警部を、探して、播州赤穂に行ったらしいのです。そして、そのまま、連絡が取れなくなっているのです。これは、私の想像ですが、播州赤穂で、何か、事件が起こりそうな気がして、仕方がないのです」

「たとえ、君のいう通りに、播州赤穂で事件が起きたとしても、警視庁とは何の関係もない所轄《しょかつ》署の仕事だろうな」

三上刑事部長は、不機嫌な顔のままである。

「しかし、二人の失踪《しっそう》が、どこかで、去年十二月二十六日の心中事件と、関係があるとなれば、自動的に、警視庁の、事件になってくるのではありませんか?」

「どういう意味で、いっているのかね?」

十津川は、その質問には答えず、

「とにかく、部長がダメだとおっしゃっても、私は、休暇を取って、亀井刑事と二人、明日、播州赤穂に、行ってきます」

こうなると、十津川という男は、意地になって、一歩も、引こうとしなくなる筈なのだ。そのことをよく知っているので、三上は、

「勝手にしたまえ」

「勝手にさせていただきます」

負けずに、十津川が、いった。

翌四月八日、十津川と亀井は、新幹線で、まず、相生に向かった。

十津川が、相生という駅で降りたのは、この日が初めてだった。想像していたよりも大きな駅だが、閑散としていて、乗客の姿は、ほとんどない。

この駅から、赤穂線が出ている。三つ目の駅が、問題の、播州赤穂駅である。

十津川は、赤穂線について、一応、調べてきた。この路線には、相生駅を入れて、全部で十九の旅客駅と、貨物の駅一つがある。長さは五十七・四キロと短い。

この赤穂線で、それなりに有名な駅としては、赤穂城と大石神社のある播州赤穂、瀬戸内海の島へ行く連絡船が出ている日生《ひなせ》、あとは、備前焼で有名な伊部《いんべ》という駅ぐらいである。

単線の、トンネルの多いローカルな路線だが、最近では、播州赤穂くらいまでが、新関西圏の京都、大阪、神戸のベッドタウンとなってきていて、それぞれの駅から、新快速が出ている。

二人は、相生15時53分発の、赤穂線の電車に乗った。二両編成の電車である。

次の西相生駅、二つ目の坂越《さこし》駅、この辺りまで、ベッドタウン化したといわれる通り、マンションが、駅の周辺に、点在している。真新しい戸建ての住宅も多い。

いかにも新興住宅地という感じのたたずまいである。

三つ目の播州赤穂駅で、二人は電車を降りた。

駅のそばには、大きなビルが、建っている。駅自体も大きい。単線にしては珍しく、駅のホームが二つあり、その間を跨線橋《こせんきょう》が、繋いでいる。

この駅の売り物は、何といっても、赤穂浪士である。ホームにも、赤穂浪士の四十七枚の陶画が飾ってあった。

駅には、兵庫県警の片岡という、三十代の若い刑事が、迎えに、来てくれていた。

駅前に停めたパトカーに案内される途中で、十津川は、

「片岡というお名前だと、ひょっとすると、赤穂浪士の、片岡源五《げんご》右衛門《えもん》のご子孫ですか？」

と、きいた。

片岡は、笑いながら、手を横に振って、

「よくいわれるのですが、ご期待に添えなくて申し訳ありませんが、あの片岡源五右衛門とは、何の関係もありません。片岡という名前は、単なる偶然ですよ」

「しかし、いちいち、弁明するのも面倒でしょう？」

「そうですね。弁明するのが面倒くさくなって、時には、誤解されたままにしておく

ことも、ありますね」

と、いう。

十津川たちは、まず、赤穂城跡と大石神社に向かった。

すでに午後四時を過ぎていたが、大石神社にはかなりの数の参詣人《さんけい》がいた。境内には、赤穂浪士の一人一人の石像が、寄進されている。

大石内蔵助の立ち姿の石像は、参道の脇《わき》に別に飾られていた。こうした石像は、いかにも赤穂義士の総大将、大石内蔵助を祀った神社らしいのだが、本殿に近づいていくと、男女の厄払いの大きな看板が立っていたり、絵馬が束になって掛かっていたりする。

その絵馬も、大学の、合格祈願だったり、健康のお願いだったり、恋愛成就《じょうじゅ》の、祈願だったりする。大石内蔵助を祀った神社だからということはなく、ごく普通の、神社と同じ絵馬である。

十津川は、参拝を済ませた後、亀井と二人で、束になって掛かっている、絵馬を、一枚ずつ見ていった。もし、この大石神社に、小西敬一郎と、坂井義之の二人が、立ち寄ったとすれば、二人で、あるいは、どちらかが、絵馬を奉納しているのではないかと、思ったからである。

県警の片岡刑事も、協力して、探してくれた。

ほとんどの絵馬には、「家内安全」とか、「恋愛成就」とか、「合格祈願」とかいった、どこの神社にもある文字が書かれ、小西敬一郎と坂井義之の二人の名前を書いた絵馬は、なかなか、見つからなかった。

それでも、一時間くらい経《た》った時、亀井刑事が、

「ありましたよ」

と、突然、大きな声を、出した。

そこには、たしかに、小西敬一郎の名前があった。

大きな太い文字で、

「一日も早く、事件の真相に、近づきたい。お願いします。

四月六日　小西敬一郎　五十二歳」

と、書かれてあった。

2

十津川は、坂井義之の絵馬もあるだろうと思ったのだが、いくら探しても、見つか

らなかった。

しかし、坂井が、この大石神社に、来たことは、間違いないと、十津川は、確信していた。

「一つ、お願いしたいことがあります」

十津川は、県警の、片岡刑事に向かって、いった。

「何でしょう?」

「小西敬一郎のこの絵馬ですが、板についている指紋を、調べてもらいたいんですよ」

と、十津川が、いった。

「この絵馬に、十津川さんが探している、もう一人の、指紋がついていると、考えておられるんですね?」

「その可能性が強いと思っています」

「すぐ鑑識に連絡して、こちらに来てもらうことにしましょう」

片岡刑事は、快く、引き受けてくれた。

三十分もすると、県警の鑑識が来て、すぐに、指紋採取を始めた。

この日は、市内で夕食をとった後、片岡刑事が勧めてくれた、大石神社近くの旅館に泊まることにした。

部屋に入って一息ついてから、十津川は、週刊ジャパンの編集長、青山に、電話をかけた。

「坂井義之さんの、指紋の採取に、ご協力ください。警視庁の者を派遣しますので」

「何か見つかったのですか？」

「見つかったのは、池袋警察署の、小西敬一郎の絵馬です。坂井さんは、大石神社に来て、その絵馬を、発見したのではないかと思うのです。われわれと同じようにです。そうだとすると、その絵馬には、坂井さんの指紋が、ついている可能性が強いのです。そうなれば彼が、小西敬一郎を追って、播州赤穂の大石神社に来たことが、確認されます」

翌朝、十津川たちが、旅館で朝食をとっていると、県警の片岡刑事から、電話が、入った。

「警視庁から、週刊ジャパンの記者、坂井義之という人の指紋が送られてきました。今、照合が、終わったところです」

「結果はどうでしたか？　一致しましたか？」

十津川が、勢い込んで、きくと、

「十津川さんが、考えておられた通り、ぴったりと、一致しました」

と、片岡が、いった。

十津川たちは、もう一度、大石神社に行くことにした。改めて周辺を見ると、大石内蔵助の屋敷跡、もう少し大きく考えて、赤穂城跡の中に、大石神社も、義士史料館も作られていることがわかる。

十津川たちは社務所の前で待っていた県警の片岡刑事に、指紋照合の礼をいってから、宮司の案内で、四十七士の木像があるという、義士史料館の奉安殿に向かった。

奉安殿には、浅野内匠頭《たくみのかみ》をはじめとして、四十七士の木像が、安置されていた。

浅野内匠頭は、勅使饗応役《きょうおうやく》として、正装して控えている木像で、彫刻家として有名な、平櫛田中《ひらくしでんちゅう》作である。

十津川が、ここに飾られている赤穂義士たちの木像が、素晴らしいと思うのは、普通義士像というと、たいていが火消し装束風の、吉良邸に、討ち入りする時の格好であるのに、ここにあるのは、全《すべ》て、普段着の義士たちの木像であることだった。

それも、義士個人個人の性格や、あるいは、趣味などを、生かして作られている。

例えば、俳句をたしなんだ大高源五《おおたかげんご》の木像は、短冊《たんざく》、矢立てを手に持って、俳句を考えている。大酒飲みだったという堀部安兵衛《ほりべやすべえ》は、杯《さかずき》を手にして、少し酔った感じである。

「素晴らしいですね」

十津川が、感心すると、宮司は、微笑して、

「今までの、義士像というと、どうしても、勇ましい討ち入り姿のものが、多いんです。年配の方は感心されますが、若い人たちには、あまり、親しみが感じられない。それで、お願いして、義士たちの普段着の木像を作っていただいたんです」

と、宮司が、いう。

「忠臣蔵というと、歌舞伎《かぶき》が有名ですが、忠臣蔵を上演する時には、役者の皆さんは、こちらに、来られるようなことがあるんですか？」

亀井が、宮司に、きいた。

「そうですね。毎回、必ずというわけではありませんが、お見えになることも、時々、ありますよ」

宮司は、歌舞伎役者が、こちらにやって来た時に、撮ったという写真を、何枚か持ってきて、見せてくれた。

その中に、尾上竜之介の写真もあった。

竜之介は、萱野《かやの》三平の木像の横に立っている。

木像は、槍《やり》を片手に持ち、髪はザンバラ髪である。おそらく、吉良《きら》邸に討ち入ることができず、一人、自刃《じじん》した萱野三平は、許されるならば、幽霊となって、吉良邸に討ち入りしたかったのだろう。そうした思いを、木像に、託して彫ったものかもしれない。

「この萱野三平は、お軽勘平《かるかんぺい》の勘平の、モデルでしたね？」

十津川が、きいた。

「ええ、その通りです。歌舞伎の、尾上竜之介さんが、忠臣蔵の勘平役をやられるという時に、こちらにいらっしゃって、この木像と一緒に、写真を撮られたんです」

と、宮司が、いった。

「この写真を撮ったのは、いつ頃ですか？」

「去年の暮れ近くです。去年の十二月に、東京の歌舞伎座で、忠臣蔵をやることになって、竜之介さんの役が、この勘平だったんです。それで、初日の前に、こちらに、一人でお見えになりました」

「竜之介さんは、一人で来たんですか？」

「そうです。歌舞伎座で忠臣蔵を、やるんですよといって、とても張り切って、おられましたね。何でも、勘平役と、塩冶判官《えんやはんがん》の二役を、やるそうで、私は、二役は大変だ。頑張ってくださいよといったんですが、千秋楽の後で、突然、あんなことになってしまうなんて」

と、宮司が、いう。

萱野三平の、木像の横に立っている尾上竜之介は、笑顔だし、写真を見る限りでは、死を予感させるようなところは、全く見られない。

「その時、宮司さんは、尾上竜之介さんと、いろいろと、話をされたんでしょうね？」

「ええ、話をしました。まだ、若手の竜之介さんは、これから、忠臣蔵の役でも、演技の勉強をするつもりでやる。自分なりの勘平を、演じてみたい。そういって、おられましてね。ああ、そうだ、その時、色紙を、書いていただいたんですよ」

と、宮司が、いって、一枚の色紙を見せてくれた。

そこには、

「人生も役者も、もどりが肝要。心して。

尾上竜之介」

と、書かれてあった。

「ここにもどりと書いてありますが、これは何ですか？」

と、十津川が、きいた。

「私にもよく分からなかったので、尾上竜之介さんにお聞きしました。そうしたら、これは、歌舞伎用語というのか、劇場用語というのか、舞台の上で悪人を演じたときその悪人は、本当は、正義の味方だったということがよくある。そういう、裏表のある役の時、もどりというのだそうですよ。勘平という役も、舞台の上では、人を殺して、五十両の入った財布を手に入れて、それを義士の討ち入りに用立ててくれという悪人ですが、本当の萱野三平は、忠義一徹の侍ですからね。そういう、裏表のある役を演じるそのことを、もどりというのだそうです」

「それで、心してと、書いたんですかね？」

「それは、あくまでも、舞台の上でのことですよ」

宮司が、いった。

しかし、十津川は、そんなふうには、色紙の言葉を受け取らなかった。それは、もちろん十二月二十六日、歌舞伎座の千秋楽の翌日、実生活で、心中事件を起こしているからである。

（実際には、あの事件には、裏があったのだろうか？）

十津川は、ふと、そんなことを、考えた。

「竜之介さんが、この色紙を書いた時、宮司さんは、もどりの意味を聞かれたわけですね？」

「そうです。意味については、今、お話ししましたが」

「もう一度、確認しますが、尾上竜之介さんが、もどりの意味を、宮司さんに説明した。その時、竜之介さんは、真面目《まじめ》に、意味を説明したのでしょうか？　それとも、笑っていましたか？」

十津川が、きいた。

「さあ、どうでしたかね？」

と、宮司は、首を傾《かし》げ、

「そのことが、何か大事な、意味を持っているんですか？」

「それは、分かりませんが、去年の暮れ、忠臣蔵を、歌舞伎座で演じた千秋楽の翌日に、尾上竜之介さんは、心中事件を、起こして亡《な》くなっていますからね。あの時は、さぞかし、驚かれたのではありませんか？」

「もちろん、驚きましたよ。あんなに、張り切っていらっしゃったのに、どうして、心中事件なんか、起こしてしまったのか、全く分かりませんでしたから」

「それで、さっきの、質問なんですが、どうですか？」

「竜之介さんには、真面目に、答えていただきましたよ。少なくとも、笑ってはいなかったと、思いますね」

「もう一つ、伺いたいのですが、ここに、四十七士の木像を、見にいらっしゃるお客は、どの木像に、いちばん、関心を持たれますか？」

と、十津川が、きいた。

「そうですね、やはり、ここは、大石神社ですから、どうしても、大石内蔵助、子息の大石主税《ちから》が人気がありますが、歌舞伎の影響でしょうか、萱野三平にも、関心が集まるようですね。それから、忠臣蔵について、勉強されている方は、やはり、寺坂吉《きち》右衛《え》門《もん》じゃないですかね？　寺坂吉右衛門は、いろいろと、謎《なぞ》の多い人物ですから」

その寺坂吉右衛門の木像は、傘を手に持ち、ほかの義士たちに、挨拶《あいさつ》している立ち姿になっている。

宮司の説明によると、寺坂吉右衛門も、吉良邸に討ち入りを果たし、本望を遂げた後、泉岳寺に行く途中、大石内蔵助の命令で、別行動を、取ることになった。この木像は、その時、ほかの義士たちに、黙礼しているところだろうという。

「寺坂吉右衛門というのは足軽でしたが、それも三両二分、二人扶持《ぶち》という、義士の中では、もっとも身分の低い足軽でした。こんなに低い身分の、足軽が浪士の中に入っているのは、寺坂吉右衛門、一人だけです」

と、宮司が、いった。

「この寺坂吉右衛門については、いろいろな意見があります。忠臣蔵の研究をされている方の中にも、特別な任務を与えられて、浪士たちから、離れたのではないかという人もいますし、逃亡説を、唱える人もいるんですよ」

「逃亡説というのは、例の徳富蘇峰《そほう》の説でしょう？ 寺坂吉右衛門は、逃げたのだから、彼を、義士と呼ぶことはできないという」

「そうですね。その根拠となっているのが、大石内蔵助は、本望を遂げた後、細川家に身柄を預けられたのですが、十二月二十日に、京都の寺井玄渓《げんけい》という人に宛《あ》てた手紙の中に、こんな文章があるんですよ。『寺坂吉右衛門儀、十四日暁まで、これあり候《そうろう》ところ、彼屋敷へは、見え来たらず候、かろき者の儀、是非に及ばず候』と、吉良邸には討ち入りしなかったと。これが、逃亡説の根拠になっているのです」

「その手紙のことなら、私も、知っています」

「吉右衛門は、足軽で、身分が低い人間だから、吉良邸の前まで来たのだが、いざとなると怖気《おじけ》づいて、逃げてしまった。それも仕方がないといった内容の文章で、逃亡説の人は、ほとんどこの手紙を根拠にしています」

「宮司さんは、その説には、もちろん、反対でしょう？」

「私はもちろん、討ち入りの後、吉右衛門は、内蔵助から、何か特別な任務というか、命令を受けて、皆と、別れて立ち去ったと、考えていますよ。その後、吉右衛門は、浅野内匠頭の未亡人や、弟のところに行って、討ち入りのことを、詳しく報告したと思っています。それから、四十六人の義士が、切腹した後、寺坂吉右衛門は、大目付のところに、自首しているんですよ。自分も討ち入りをしたので、甘んじて処罰を受けると、申し出ていますから、そんな人間が、吉良邸の前で、怖気づいて逃げたとは、到底思えません」

「しかし、それなら、どうして、大石内蔵助は、こんな、ウソの手紙を書いたのでしょうか？」

亀井が、宮司に、きく。

「内蔵助は、その手紙の中で、寺坂吉右衛門という男は、身分が低いので、吉良邸の前から逃げた。それも、仕方がないと、書いています。そう、書いているのは、本当なんでしょう？」

これは、十津川が、きいた。

「ええ、本当です。ですから、その手紙を根拠にして、徳富蘇峰は、義士にあるまじき行動であり、義士とはいえないと、寺坂吉右衛門を、酷評しているのです。しかし吉右衛門が、討ち入りしたことは、間違いないのです。吉良邸の中で点呼を取ってい て、その時に、寺坂吉右衛門が、その中にいましたから」

「そうすると、内蔵助は、わざと、寺坂吉右衛門が逃げたという手紙を、書いたんでしょうか？」

「私は、その時の、大石内蔵助の気持ちを、こんなふうに、考えているんです。内蔵助が、いちばん、気を使ったのは、自分たちのやったことは、単なる押し込み強盗ではない。主君、浅野内匠頭の、仇討《あだう》ちである。また、幕府に対して刃向うものでもない。こうしたことを、後世に、正しく伝えたかったのではないかと、思うのです。しかし、討ち入りに参加した全員が、切腹してしまったら、自分たちの行動を、正しく伝えてくれる者が、一人も、いなくなってしまう。そこで、寺坂吉右衛門には、最後まで生き残って、全てを、正しく伝えてほしいと考え、使命を、寺坂吉右衛門に託したのではないかと、思うのですよ。

元禄《げんろく》の頃は、武士の間でも階級制度がはっきりしていて、『忠臣蔵』のセリフにも『忠義の度合いは、誠ではなく、身分によって測られる』とありますからね。大石が、士分の者に、お主は生きて、後世にわれらの心を伝えてくれといったら、反対されるに決っている。それで、一番、身分の低い寺坂吉右衛門を選んだのだと、思います。

大石内蔵助が、寺坂吉右衛門も、われわれと一緒に、吉良邸に討ち入りして、主君の仇討ちをしたと話してしまうと、寺坂吉右衛門が捕らえられて、自分たちと、同じように、切腹を命じられてしまう恐れがある。そうなれば、後世に伝える人間が、いなくなってしまいます。

そこで、内蔵助は、わざと、手紙の中で、寺坂吉右衛門という男は、身分が低いので、いざ討ち入りとなった時に、怖気づいて、逃げてしまったと書いたのではないかと、私は思うのです。寺坂吉右衛門は、討ち入りには、参加しなかった。仇討ちに参加していないとなれば、幕府も、寺坂吉右衛門に切腹を命じることは、できないだろう。寺坂吉右衛門が、生き延びてくれれば、自分たちの義挙を正しく後世に伝えてくれる。内蔵助は、そう考えたのではないかと、推察しているのです」

「なるほど。そうすると、これも一種のもどりですね」

と、十津川が、いった。

宮司は、ニッコリして、

「たしかに、そうですね。言葉によるもどりですよ。寺坂吉右衛門は、いざとなったら、逃げた卑怯者《ひきょうもの》だと、思われていますが、本当は、この上なく、忠義の人だった。そう考えれば、これもたしかに、もどりですね」

と、いった。

その時、県警の片岡刑事の携帯が鳴った。

3

「日生の港で、若い男の溺死体《できしたい》が発見されました。年齢は三十歳前後、所持していた運転免許証には、東京の住所と、坂井義之という名前が、あったそうです」

と、片岡が、いった。

とたんに、十津川の顔に浮かんでいた笑いが、消えてしまった。

「すぐこれから、その日生というところに行きたいのですが」

「すぐに、車でお送りしますよ」

片岡が、応じた。

十津川と亀井を乗せ、片岡が、パトカーを飛ばした。

播州赤穂は、岡山県に近い。そのため、兵庫県警は、小西警部と坂井義之の件を、岡山県警にも伝えていたという。十津川は、片岡に、礼をいった。

日が生まれる、日生と書いて、ひなせと読む。播州赤穂から、四つ目の駅である。

トンネルを抜けると、日生の駅と、港と、瀬戸内海に浮かぶ小豆島《しょうどしま》が見えてきた。小豆島の向こうは、四国である。赤穂線は、トンネルが多いが、海岸線を走る路線だとわかってくる。

岸壁には、フェリーや、小さな連絡船が並んでいる。

岡山県警の榊原《さかきばら》という警部が、水死体のポケットに入っていたという、運転免許証を、兵庫県警の片岡刑事に渡し、片岡刑事が、それを十津川に見せてくれた。

間違いなく、東京の住所と坂井義之という名前が、あった。

検視官が、岸壁に横たえられた、坂井義之の水死体を見て、

「少なくとも、丸一日は、海に沈んでいたと思われますね」

と、いった。

十津川は、水死体をひととおり見てから、榊原に、坂井義之について、簡単に説明した。

榊原は、十津川の説明を、聞いた後、

「とすると、この男が播州赤穂まで来たことは、間違いないのですね？」

「そうです。大石神社の、絵馬の一つに、彼の指紋が、ついていたことは、確認しています」

「そうなると、どうして、この日生の港に、水死体で、浮かんでいたのかということになりますね。事故死や自殺ということは、考えられませんか？」

「その可能性は、少ないと思いますね。先ほど見ましたら、後頭部が、陥没しているのが分かりました。最終的には、司法解剖の結果を、待たなければなりませんが、何者かに、後頭部を強打され、意識を失ったところを、海に放り込まれたのではないかと思いますが」

と、十津川が、いい、死体が、うつ伏せにされた。

十津川が、いったように、後頭部が陥没している。

死体は、岡山の大学病院で司法解剖されることになった。

十津川は、兵庫県警の、片岡刑事に礼をいってから、榊原警部に同行して、大学病院に行くことにした。

亀井は日生に残って、岡山県警の刑事と一緒に、日生の旅館、ホテルを調べて、坂井義之が、泊まっていなかったかどうかを、確認することになった。

4

大学病院に、死体が運ばれて、司法解剖が行われている間、十津川は上司の三上刑事部長に、岡山県の日生の港で、坂井義之の水死体が、発見されたことを、知らせた。

「後頭部が、陥没していますから、おそらく、何者かに後頭部を殴られて気絶させられ、その後、海に沈められたのではないかと思います」

「犯人の心当たりはあるのか？」

「今は、全くありません」

「まさか、池袋署の、小西敬一郎が、犯人だということはあるまいね？　そんなことになったら大変だぞ」

「その可能性がゼロということはありませんが、今のところは分かりません」

十津川は、わざと、含みを持たせて、いった。

その後で、週刊ジャパンの編集長、青山に、電話をかけ、三上に話したのと同じように、坂井義之が、岡山県の日生港で水死体になって、発見されたことを知らせた。

「本当にウチの坂井義之なんですか？」

と、青山がきく。

「ポケットに入っていた、運転免許証で確認しました。間違いなく、坂井義之さんです」

「これからすぐ、そちらに、行きますよ」

青山は、電話を切った。

岡山県警の榊原警部が、十津川のために、ホテルを、用意してくれた。

十津川は、部屋に入ると、日生に残っている、亀井に連絡を取った。

「そっちの様子は、どうだ？　小西さんか坂井義之が、日生に、泊まったかどうか、わかったか？」

「県警の刑事に、協力してもらって、日生のホテルや旅館を片っ端から、調べているのですが、二人が、この日生に、泊まった形跡は、ありませんね」

と、亀井が、いった。

「それなら、すぐ、こちらに来てくれ。坂井義之の上司の青山編集長も、今日中に、岡山に来るそうだ」

亀井は、すぐにやって来て、ホテルで、十津川と合流した。

午後八時には、司法解剖が、終わって、そのデータが、十津川にも、知らされた。

死亡推定時刻は、昨日四月八日の午後十時から、十一時の間。死因は溺死だが、その前に後頭部を鈍器のようなもので、殴られ、失神状態にあるところを、海に投げ込まれたのではないかという報告だった。

運転免許証は、背広の内ポケットに、入っていたが、ズボンのポケットには、キーが二つついたキーケース、ハンカチが入っているだけで、財布や名刺などは、見つからなかった。

さらに一時間ほどして、東京から、週刊ジャパンの編集長、青山が、岡山県警本部に、到着した。

死体を確認した後、青山は、十津川たちと同じホテルにチェック・インし、ロビーで死んだ坂井について話し合った。

青山は、憔悴《しょうすい》した表情で、さすがに、元気がなかった。

「坂井君を死なせたのは、私の責任かも、しれません」

「それは、例の心中事件について、調べろと、指示したからですか？」

と、十津川がきく。

「坂井君自身も、あの心中事件には、興味を持っていたので、それで、彼に担当させたのですが、記事の評判が、よかったので、引き続き、あの事件を、追及してみようと私がいったので、坂井君は、いろいろと、調べていたんです。それで、少しばかり事件に、深入りしすぎたのかもしれません。それで、誰かの怒りに、触れてしまったのではないか？　そんなことも、考えてしまうんですよ。警察は、あの事件が、去年の暮れに起きた時には、心中事件だと断定しましたが、今はどうなんですか？」

「正直にいって、迷っています。私個人としては、どうも単純な心中事件では、ないのではないか？　そういう疑いを、持ち始めているのですが、その、確証がなくて、困っています。警視庁としては、今のところあくまで、心中事件の線は、捨てないと思いますね。一回決めたことを、事情が、変わったからといって、簡単に再捜査に踏みきるとは、思えませんから」

「播州赤穂では、何か新しいものが見つかったんですか？」

「去年の十二月、歌舞伎座で、忠臣蔵が上演される前に、尾上竜之介が、播州赤穂の大石神社を、一人で、訪ねたそうですよ。宮司の話によると、竜之介は、今回勘平と塩冶判官の二役をやることになったので、もう一度、この二役を掘り下げたくて、大石神社に来て、色紙にサインをしてくれた。そういって、色紙を、見せてくれました」

　と、話したあと、今度は、十津川が青山に質問した。

「坂井さんは、例の心中事件を追っていた。それが、評判がよかったので、さらに調べて、第二弾を載せることにした。これは間違いありませんか？」

「読者の評判が、いいといったら、彼も喜んで、更に取材をしてみると、いっていました。私もハッパをかけました。でもまさか、こんなことになるとは。警部さんに、お聞きしたいのですが、彼が、殺されたのは、去年の心中事件を、追いかけていたからだと思われますか？」

「坂井さんが、播州赤穂に、行って、小西警部を探していたことは、間違いないようでした。小西警部が、大石神社で絵馬を奉納して、それを坂井さんは、触って、確認していますからね。やはり、小西警部とともに、心中事件を、追っていたことは、確かでしょう。もちろん、ほかの理由で殺された可能性もゼロじゃありませんが、今のところは心中事件が関係しているとしか考えようがありません」

と、十津川は、いった。

「しかし、去年に起きた事件を、調べているんですよ。過去の事件じゃありませんか。どうして、彼が殺されなければならないんですか？　その点が、どうにも、分かりませんね」

と、青山が、いうのへ、十津川は、

「あの事件が、本当は心中事件ではなくて、殺人事件ならば、その犯人がいる。それを、明らかにしようとする小西警部と、坂井さんが邪魔になって、坂井さんを、まず殺した。こういうことは考えられますよ」

「それじゃあ、それを、調べてくださいよ」

青山が、十津川に突っかかった。

「それをって、何ですか？」

「坂井義之が、どうして、殺されたのか？　誰に、殺されたのか、それを、調べて下さいよ」

「しかしね。死体が浮かんでいたのは、岡山県ですからね。さし当たって、捜査は、岡山県警の、担当ということになりますから、われわれが、横から、口出しするわけにはいかないのですよ」

「それじゃあ、十津川さんは、何も、やってくれないのですか？」

「今は、何もできません。あの心中事件に疑問が出たので再捜査するということにでもなれば、もちろん、われわれも、事件を調べますがね。今の段階では、どうしようもありません」

「じゃあ、どうすれば、捜査を、してくれるのですか？」

青山が、しつこく、十津川に、きく。

「警視庁捜査一課が、あの心中事件を再捜査すると決めたら、われわれも、喜んで、やりますがね」

「じゃあ、誰にいったらいいのか、教えてくださいよ。すぐに掛け合いますから」

青山が次第に興奮してくる。

「東京に戻って私から、上司に、いいましょう。心中事件を追っていた坂井さんが岡山で殺されたのですから」

と、十津川は、いった。

ただ、これで、上司の三上刑事部長が、再捜査に、踏み切るかどうかは、分からなかった。

第三章 備前焼の町

1

「四月六日の、たしか、午後の二時頃じゃなかったかと思いますけど」

と、ママが、いった。

小西敬一郎と思われる男が、この、大石神社近くの、喫茶店に来たというのだ。

小西敬一郎が、突然、休暇を取って、東京を離れたのは、四月五日である。その翌日ということは、大石神社に立ち寄った前後に、ここにやって来たということになる。

「ここで、小西警部は、何を、注文したんですか？」

「コーヒーとケーキです。ケーキは、たしか、モンブランだったと、思います」

と、ママが、いう。

「そのあと、すぐに出ていったんですか？」

「ケーキを食べながら、そこにある本を、一生懸命、お読みになって、いらっしゃいました。食べ終わってからも、しばらく、その本を、ご覧になっていらっしゃいましたよ」

なるほど、テーブルの近くに小さな本棚があり、赤穂《あこう》義士関係の本が、何冊か、置いてあった。

「小西警部は、どれを読んでいたんですか？」

と、亀井が、きいた。

「たしか、『実証　義士銘々伝』でしたね」

ママが、いった。

写真入りの本である。著者のところを見ると、大石神社の宮司の名前があった。値段が、どこにも書いていないから、大石神社が作った、非売品なのかも、しれない。

「これを読んで、小西警部は、何か、いっていましたか？」

「こんなことを、いってらっしゃいましたよ。『無名だった赤穂義士も、討ち入りの後は、急に、有名人になってしまって、その上、歌舞伎《かぶき》などで、忠臣蔵が演じられるようになると、周りの人が、いろいろな、エピソードを勝手に、作ってしまうんだろうね。今と同じだね』と」

「それを、楽しんでいるようでしたか？」

「ええ、『この本は、なかなか面白い』と、笑って、おられました。それから『自分は、赤穂義士について、本当のことを、知りたいんだが、こんなにエピソードがたくさんできてしまうと、どれが、本当で、どれが、ウソなのか、分からなくて困るんだよ』そんなこともいっていらっしゃいましたよ」

と、ママが、いった。

十津川は、黙って、本のページを、繰っていった。

そこには、大石内蔵助《くらのすけ》以下四十六人と、寺坂吉右衛門《きちえもん》と、早野勘平《かんぺい》こと萱野《かやの》三平の、合計四十八人のエピソードが、綴られている。そのほとんどが、討ち入りのあとで、忠臣蔵の作者たちが、面白おかしく作ったエピソードである。

十津川は、面白そうな、エピソードを、手帳に、書き留めていった。

十津川がすでに知っている話もあれば、全く知らなかったエピソードも載っていた。

例えば、四十六人の義士の墓は、現在、全《すべ》て、東京・高輪《たかなわ》の泉岳寺《せんがくじ》にある。当たり前だと思うが、よく考えてみると、討ち入りの四十六人全員が、全て、同じ宗派だとは考えにくいのだ。それぞれの、宗派のお寺に、埋葬してしまったら、四十六人の墓が、今のように、泉岳寺だけに、揃《そろ》っていることはなかったろう。それについてこの本には、おおむね次のようなことが、書かれていた。

「義士の一人、冨森助右衛門《とみのもりすけえもん》は、二百石。討ち入りの時の、年齢三十三歳。討ち入りの後、細川家へ、預けられた十七人の中に、入っていた。

冨森助右衛門は細川家の接待役、堀内伝右衛門《ほりうちでんえもん》に、こんなことを頼んでいる。

『切腹を、仰《おお》せつけられたあと、十七人の義士それぞれは、宗派も違うので、寺の坊主《ぼうず》とか、親類縁者から、遺骸《いがい》の引き取りの、申し出があっても、お下げ渡しにならないように、泉岳寺の空き地に、十七人一緒に、埋葬していただきたい』

と。

そのことが、義士を、何人か預かっている、それぞれの大名家にも働きかけられ、四十六人一緒に、泉岳寺に、葬《ほうむ》られることになったという。

もし、冨森助右衛門が、細川家の、接待役に頼んでいなかったら、江戸中のいろいろな寺に、バラバラに、埋葬されてしまったかもしれない」

本にはこんな記述も、あった。

「武林唯七《たけばやしただしち》は十五両三人扶持《ぶち》。享年《きょうねん》三十二。

武林唯七の祖父は、孟《もう》二寛といって、豊臣秀吉《とよとみひでよし》の文禄《ぶんろく》の役の時、秀吉の遠征軍によって、捕らえられて、捕虜となり、その後、日本に、帰化したといわれている。中国浙江《せっこう》省、杭州《こうしゅう》府武林の出身で、帰化してから武林治庵《じあん》と称して、医業を、なりわいとしていた。

その孫が、武林唯七である。

武林は、長ずるにつれて、名前を改め、祖父の姓に復し、孟子の子孫であることを、誇りとしていた。その時の名前は、武林唯七孟隆重《たかしげ》と名乗っていた。

武林唯七は、そこつ者としても、有名である。

ある時、あまりにも、美しく咲いたというかきつばたを、本家、広島の浅野邸に、頂戴《ちょうだい》しにいくように主君から命ぜられて、馬に乗って出かけたのだが、間違えて、隣りの福岡黒田家の、屋敷に入ってしまった。

しかし、黒田家の家臣に今さら間違えたともいえず、仕方がないので、唯七は、『途中、馬に乗ってきたが、空腹に、耐えかねて、昼食の馳走《ちそう》に、与《あずか》りたい』と申し出て、昼食を、ご馳走になってから、慌《あわ》てて隣りの、本家浅野家の屋敷で、改めて、かきつばたを、受け取ったという」

「矢頭右衛門七《やとうえもしち》、部屋住み、享年十八。

右衛門七は、討ち入りの時は、十七歳。大柄ではあったが、美少年だったので、ひときわ立派な若衆姿が、女性と間違えられ、赤穂義士の中に、女がいて、男の姿をして、討ち入りをしたと、江戸中の、評判になったといわれていた。

その一方、右衛門七の家は、大変な貧乏で、右衛門七の父、長介が、亡《な》くなった時には、葬式も挙げられないくらいだった。仕方なく父の形見の鎧《よろい》を、質に入れて、やっと、葬式を済ませたという。

江戸に、向かうとき、質に入っている父の鎧を、出すことができない。亡くなった父からは、その鎧をつけて、討ち入りするようにいわれていたので、右衛門七は、質屋に、買い手がついたと、ウソをいって、鎧を受け取ると、そのまま江戸に、出てしまった。

討ち入りの時は、その鎧をつけて、参加している」

もう少し、色っぽい話もある。

「菅谷《すがや》半之丞《はんのじょう》も、大変な、美少年だった。彼が十九歳の時、父の半兵衛が、若くて、美しい後妻を、もらった。

ところが、この義母は、美少年の半之丞に、懸想《けそう》をして、いい寄ってきた。困った半之丞は、できるだけ、家に帰ることを避け、役所で徹夜をしたり、友人の家に泊まったりして、義母と、顔を合わさないようにしていた。

義母は、それを知って、せっかく、母が、このように、思いを寄せているのになんということだと、腹を立て、可愛《かわい》さあまって憎さ百倍。半之丞のことについて、あることないこと、悪口の数々を、夫の半兵衛に、告げ口したため、半之丞は、とうとう、父から勘当されてしまった。

父に勘当されて、思い悩んだ挙句、半之丞は、そのことを、主君の内匠頭《たくみのかみ》に、打ち明けたところ、

『お前が今、父に、本当のことを、申し開きしても、決して、孝行にはなるまい。何の罪もないお前が、勘当になるのは、可哀想《かわいそう》だが、しばらくは、身を隠しておれ。万事、私が心得ておくから』

と、いって、主君は、半之丞を赤穂から脱走させた。

浪々の身になってから十五年。突然、主君の内匠頭が、刃傷沙汰《にんじょうざた》を起こしたので、半之丞は、急いで、赤穂に帰り、元禄《げんろく》十五年十月、内蔵助と一緒に、東下りをして、討ち入りに、参加したといわれる」

この話は、面白いが、半之丞の木像を見ると、義士の中では、いちばん容貌魁偉《ようぼうかいい》である。どちらかが、事実ではないのだろう。

「岡野《おかの》金右衛門《きんえもん》。部屋住み。亡くなった父は、二百石。享年二十四。

金右衛門は、江戸に出ると、小豆屋《あずきや》善兵衛《ぜんべえ》こと神崎与五郎《かんざきよごろう》のところに、手代として、住み込んだ。

この金右衛門が、吉良《きら》家の子守娘に、惚《ほ》れられてしまい、それを利用して、偽りの恋をして、その娘の、父で吉良家お出入りの大工の棟梁《とうりょう》から、吉良邸の図面を、手に入れ、それが、討ち入りの時に大変役に立ったという」

この話は、いかにも、作り話めいて聞こえるのだが、本当の話だとあった。

「神崎与五郎が、

『同志の者の恋初《こいそ》めとみて時雨《しぐれ》を』

と、詞書《ことばがき》をつけて、

『神無月《かんなづき》しぐるる風は越ゆるとも　同じ色なる末の松山』

と、詠《よ》んでいる。

どうやら、金右衛門と、吉良家の子守娘の間に、若者同士で本物の恋が、芽生えていたらしい」

最後は、寺坂吉右衛門と、勘平こと萱野三平の、エピソードである。

十津川は、それを、手帳に書き留めてから、

「たしか、小西敬一郎警部は、寺坂吉右衛門になると書いていた。この本の中にある、義士のさまざまなエピソードの中には、寺坂吉右衛門のエピソードが書いてある。きっとそれも読んだろうな」

亀井が、きく。

「討ち入りに参加したが、大石内蔵助の命令で、泉岳寺には、行かずに、他の義士とは、別れた。そして、八十何歳かまで、生きたというエピソードですか?」

「そうだよ。ここには、寺坂吉右衛門が、どうして、泉岳寺には行かず、ほかの義士と、別れて、行動したのかが、書いてある。寺坂吉右衛門が、大石内蔵助から頼まれたからだ。浅野内匠頭の夫人、阿久利《あぐり》、二十八歳。この人は、夫の内匠頭が切腹した後、出家して瑤泉院《ようぜんいん》と名乗って、浅野家実家の、赤坂今井町の下屋敷に入ってしまった。彼女に、討ち入りの報告をすることが、その一つで、二つめは西国への、報告をすることと、書いてある」

「なるほど」

「浅野家は取り潰《つぶ》されてしまったが、浅野内匠頭の弟の大学は、西に当たる広島にあ

る、本家の浅野家に、預けられていた。そこにも、吉右衛門は、討ち入りの様子を、知らせにいったんだよ。それが西国への報告だろう。義士の身内でも、何人かは、本家浅野家に仕えているから、その人たちにも、討ち入りの様子を、知らせにいったんだと思うね」

「寺坂吉右衛門の最期《さいご》は、どんなだったんですか？」

「ここに、書かれてあることによると、使命を果たした後、大目付・仙石伯耆守《せんごくほうきのかみ》のところに、口上書を、持っていき、自分も吉良邸に、討ち入りしたので、処分してほしいと、訴え出たらしいね。伯耆守は、志《こころざし》は立派だが、すでに、義士四十六人の仕置きは、済んでいる。今さら、追い腹を、切る必要はないから、どこでも、好きなところに行って構わないといわれた。寺坂吉右衛門は、無罪赦免になったので、その後、吉田忠左衛門《ちゅうざえもん》の娘婿《むすめむこ》が、仕えている姫路藩の伊藤家に、十二年間世話になり、その後、同じ姫路藩の山内家に仕えて、八十三歳の長寿を、全うしている」

「小西敬一郎警部は、寺坂吉右衛門になって、いったい、何を、するつもりだったんでしょうか？」

「寺坂吉右衛門は、関係者を訪ねて、討ち入りの報告をしている。それを、小西警部に、当てはめてみると、去年の十二月二十六日に、亡くなった尾上竜之介の家族、竜之介と心中したといわれるアナウンサーの山本由美の家族にも、会いに行ったんじゃないだろうか？　役目は、吉右衛門とは、反対だ。亡くなった二人の家族や友人たちに、話をするためではなく、話を聞くために、会いに行ったと思うね。その途中で、この、播州《ばんしゅう》赤穂に来た。そう考えたいね」

と、十津川が、いった。

「尾上竜之介は、東京の人間で、尾上家の人たちは、東京の赤坂に、住んでいますが」

「それでも、いいんだ。寺坂吉右衛門は、浅野内匠頭の未亡人が住んでいた、赤坂今井町の浅野家実家の下屋敷にも、行っている。小西さんがこちらに来たのは、女性アナウンサー、山本由美の生家が、こちらの方向にあったからじゃないかな？」

「それを、調べてみます」

亀井はすぐ、携帯を、東京にかけた。

それが済むと、亀井は、ニッコリして、

「ぴったりでしたよ。彼女の生家は、日生《ひなせ》の先の、伊部《いんべ》というところにあります。備前焼の本場です」

「それじゃあ、その伊部というところに、行ってみようじゃないか？」

と、十津川が、いった。

2

赤穂線を伊部の駅で降りると、駅の隣りに備前焼伝統産業会館があった。

そこで話を聞くと、山本由美の父親は、備前焼の有名な陶工の一人で、この伊部に、窯《かま》を、持っているという。

二人は、その窯元を、訪ねることにした。その家は、レンガの煙突があるのですぐわかった。

十津川は、山本由美の両親に、名刺を渡して、挨拶《あいさつ》したが、反応は、すこぶる悪かった。

父親の山本空斎《くうさい》は、チラッと、十津川の顔を見ただけで、すぐ、窯のところに戻ってしまったし、母親の、栄子は、

「娘のことは、もう、済んだことですから、何も、お話しすることはありません」

と、いう。

「事件の後、いろいろな人が、訪ねてきたんですか？」

十津川がきいたが、返事がない。

おそらく、心中事件が、報じられた後、マスコミが、どっと、押しかけてきたり、東西の歌舞伎《かぶき》役者が、所属している芸能会社が、事件のことには、触れないようにと箝口令《かんこうれい》のようなものが、出されたりして、この両親は、自然に口数が、少なくなってしまったのだろう。

十津川も、事件が、どんなふうに、報道されたのか、覚えている。

片方は、将来を、嘱望されている若手の歌舞伎役者だった。心中の相手となったのは、若い女性アナウンサーで、頭は良く、美人ではあるがこれといった実績はなかった。

となれば、報道の方向は、決まってくる。

有名人好きの、女性アナウンサーが、歌舞伎役者の、尾上竜之介と仲良くなった。もちろん、女のほうが、熱心だった。関係が、深くなっていき、男は、抜き差しならなくなって、一種の、無理心中。

そんな形の報道が、ほとんどだった。

十津川は、根気よく、両親を、説得することにした。

「あの事件について、どんな報道がされたのかは、よく、知っています。われわれも、その片棒を、担《かつ》ぎましたから。しかし、ここに来て、再調査すると、何かおかしいんじゃないのかと、思い始めています」

十津川が、そういったのは、こんな書き方の新聞や雑誌が、多かったからである。

「有名人好きの女性アナウンサーが、取材で、尾上竜之介の楽屋を、訪ねていってから、熱を上げてしまった。

尾上竜之介にしてみれば、丁寧な対応は、山本アナウンサーだけではない。どのアナウンサーに対しても、尾上竜之介は、親切に応対していた。

しかし、そのことが、プロ意識のない女性アナウンサー、山本由美を、舞い上がらせてしまったのである」

事件が、起きてしまってからは、歌舞伎役者が所属している大手の、S芸能は、スキャンダルが、広がらないことを第一に考え、マスコミに手を回したに違いない。

とすれば、当然、女性アナウンサーのほうが、悪いという記事になってしまうだろう。事実、山本由美が、所属していた中央テレビでさえ、

「今回の事件は、誠に、遺憾であり、今後、女性アナウンサーの育成については、十分注意していきたい」

と、発表しているのである。

「今のままでは、どう考えても、娘さんだけが、一方的に、悪者に、なったままですよ。私が親ならば、何とかして、娘の名誉を、挽回《ばんかい》したいと思いますね。もし、その気があるのなら、われわれが、お手伝いを、します」

十津川が、約束した途端に、窯のほうから、父親空斎の声が、飛んできた。

「騙《だま》されるな！　何もいうな！」

「今までに、騙されたことが、あったんですね？」

十津川が、父親を見た。

「事件の後、歌舞伎役者が、所属するS芸能から、誰かがやって来たんですね？」

「ええ、お偉い方が、いらっしゃいました」

「それで、どうなったんですか？」

「誠に申し訳ない。われわれが、今回の事件について、できるだけお嬢さんの名誉を、守るようにします。ですから、しばらくの間は、誰が訪ねてきても、なるべく黙っていてください。何か答えると、その分だけ、お嬢さんが、傷つくことに、なりますからと、いわれたのです」

「それで、黙っていた？」

「ええ」

「ところが、発表されたものは、前途有望な尾上竜之介が、若く有名人好きの女性アナウンサーから、いい寄られて、関係ができてしまい、逃げることが、できなくなって、仕方なく心中事件を起こした。そんな、記事だったわけですね？」

「ですから、主人は、もう、何も信じられなくなって、誰の言葉にも、耳を貸さなくなったんです」

「お嬢さんの由美さんは、どうして、尾上竜之介と、知り合ったんですか？」

「三年前、娘の由美は、大学を卒業して、中央テレビに、入社しました。その年の暮れに、尾上竜之介さんが、歌舞伎で、忠臣蔵をやることに、なったんです。あの時も、尾上竜之介さんは、お軽勘平の勘平と、塩冶《えんや》判官《はんがん》の二役を、やることになっていました。ウチの娘は、新人のアナウンサーでしたけど、赤穂の近くの生まれで、赤穂義士のことに詳しいということで、取材するために、尾上竜之介さんに会ったのです。尾上さんは、年末の忠臣蔵の興行までに、一度、赤穂を訪ねてみたい、とおっしゃって、その時に、ウチの娘が、案内をすると、急に決まったんです。もちろん、尾上竜之介さん一人が、赤穂に、いらっしゃったというわけじゃありませんよ。番頭さんと、呼ばれるマネージャーさんも一緒でしたし、ほかに、若手の歌舞伎役者さんも、三人、全部で五人で、赤穂に、いらっしゃったんです。その時は、主人も喜んで、お見えになった四人の歌舞伎役者さんたちに、心を込めて作った茶碗《ちゃわん》を、プレゼントしたんです」

「その後、娘さんと、尾上竜之介さんの間は、どうなったのですか？　取材に行ったりしていたんでしょうか？」

「これは、娘の話ですけど、その後は、歌舞伎の取材に、行くことはなかった。スポーツ担当に、回されて、プロ野球の選手と会ったり、サッカーの試合を、取材に行ったりしていて、歌舞伎の役者さんを、訪ねていったことは、一度もなかった。娘は、そういって、いました」

「ところが、去年の、十二月の年末歌舞伎で、忠臣蔵をやることになりました。中央テレビとしては、娘さんが、赤穂を、案内したことがあるので、歌舞伎の取材を、やらせることになった。そういうことですか？」

「ええ。でも、娘一人で、取材とか、インタビューしていたわけでは、ないんですよ。ベテランの、娘の先輩に当たる、男性のアナウンサーも一緒でしたから。それは、皆さん、よく知っていた筈《はず》なんです」

「興行は、千秋楽の十二月二十五日まで、やっていたんですが、その間、娘さんは、何回取材か、インタビューに、行ったんですか？」

「初日と中日《なかび》と、それから、二十五日の千秋楽の三回だと、聞いています」

「その頃、娘さんから、こちらに、電話なり、メールなりで、何か連絡は、ありましたか？」

「ええ、電話が二回ありました」

「その時の様子は、どうでしたか？」

「そうですね。娘は、楽しんでいましたよ。久しぶりに、歌舞伎を見て楽しかったといっていましたから」

「個人的な話は、しなかったんですか？　例えば、尾上竜之介さんにインタビューしたとか、歌舞伎役者として、大きくなったとか、立派になったとか、そういうことは、いっていませんでしたか？」

「一度だけ、尾上竜之介さんは、とても、大きな歌舞伎役者になって、皆さんが将来を、とても楽しみにしているみたいで、私も嬉《うれ》しい。そんな電話が、ありましたね。あれは、去年の、歌舞伎の中日頃だったんじゃないかと、思いますけど」

「尾上竜之介さんのことを、個人的に好きになったとかは、いっていませんでしたか？」

「いいえ、一度も、そういう話は、しませんでした」

と、母親の栄子は、いった後、

「娘が有名人好きだと、新聞や雑誌に、やたらに、書き立てられましたけど、そんなことは、ありません」

「娘さんの、将来の夢は、どんなものだったんでしょうか？」

「実は、娘は、父親の跡を継ぎたいといっていました。今は、女性が、窯元の跡を継ぐことも、別に、珍しいことではなくなりましたから」

と、栄子が、いった。

「そのことは、事件の後、どこも、発表していませんね？」

「きっと、そんなことは、面白くなくて、ニュースには、ならないことだからじゃありませんか？」

と、母親が、いった。

この日、十津川たちは、伊部駅近くの旅館に、泊まった。

母親は、いろいろと、しゃべってくれたが、父親は、結局、一言もしゃべっていない。だから、何とか粘って、父親の話も、聞きたかったのである。

翌日も、十津川たちは、山本由美の両親を訪ねていった。

母親の栄子は、昨日で、少しは、十津川たちを、信用する気持ちになったらしいが、父親のほうは、相変わらず、一言もしゃべろうとしない。

次の三日目も、十津川たちは、両親を訪ねていった。

今度は、いきなり、父親の空斎のほうから、

「何度来ても同じだ。何も、話すつもりはない。もう来ないでくれ。また、変なウワサが立つと困るからな」

それに対して、十津川も、いい返した。

「今のままだったら、娘さんが、将来有望だった若手の、歌舞伎役者に惚れ込んで、心中事件を起こしてしまった。そんなふうに、永久に、書かれてしまいますよ。それでは、困るでしょう？　娘さんが、安らかに、眠れないじゃありませんか？　ですから、何でもいいですから、調べてみたいんです。このままだと、娘さんだけが、悪者にされてしまいますよ。それでも、いいんですか？」

その一言が、効いたのかもしれない。急に、父親は、雄弁に、なった。

今日は、母親のほうが、黙っていて、山本空斎が、やたらに饒舌《じょうぜつ》だった。今まで、黙っていた反動だろうか。

山本は、いきなり、一冊のカレンダー付きの手帳を、十津川に、渡した。

「それは、去年の娘の、日記です。この日記が、娘のマンションから、見つかりまし

た。読んでくだされば、わかると思いますが、娘が、尾上竜之介さんに、のめり込んでいたなんてことは、どこにも、書いていませんよ。千秋楽の二十五日に、男性のアナウンサーと二人で、取材しているのですが、そのメモだって、冷静そのもので、翌日、心中する人間が、書いたものとは、とても、思えないんですよ。ですから、取材に来たマスコミの人たちにも、それを見せて、取り上げてほしいと、いったんですが、どこも、取り上げてはくれませんでした。たぶん、この日記が、心中事件とは、逆の印象を、与えるからでしょう」

と、山本が、いった。

十津川は、その手帳を受け取り、去年の十二月二十五日のページを、開いてみた。

「今日、千秋楽。

観客動員数を見ても、最近の十年間でナンバーワンだという。それだけに、熱の入った、素晴らしい、忠臣蔵の舞台だった。もちろん、忠臣蔵を、昼夜通しでやるのが大変なことは、素人《しろうと》の私にも、よく分かる。

それでも、役者の皆さん、よくやった。観客も、満足したに違いない。

ベテランも、新人も、一つの歌舞伎、忠臣蔵に、全てを捧《ささ》げたような、充実感があったに違いない。これも一つの、歌舞伎の集大成だったのでは、ないだろうか？

十二月二十五日夜、記す」

この日記を書いた山本由美と尾上竜之介が、翌二十六日の夜、彼のマンションで、心中してしまったのである。

確かに、それを予感させるような言葉は、日記には、全く見当たらない。

「不思議ですね。翌日の、心中事件を予感させるような言葉が、どこにもない」

と、十津川が、いった。

「そうでしょう。ですから、訪ねてきたマスコミの人たちには、この手帳の、このページを、そのまま載せてくれ。そうすれば、娘が、尾上竜之介さんに、心中を迫ったなんてことがあり得ないと分かるからと、何度もいったんですよ。でも、どの新聞も雑誌も、テレビも、取り上げようとはしませんでしたね」

「娘さんは、有名人好きだと、書かれましたが、そのことは、どう思われますか？」

「ウチの娘だって、今時の、若い女性ですよ。有名人が、嫌いな女性なんて、いるんでしょうか？　ただ、ウチの娘は、有名人に会って、嬉しいことと、仕事とは、きちんと、分けていましたよ。中央テレビの人たちに、聞いてくだされば、わかります」

と、父親が、いい、母親は、

「娘は、自分の仕事を利用して、有名人にサインをねだったことなんて、一度もないんです。三年前に、歌舞伎の人たち五人を、案内して、ウチに来た時も、歌舞伎役者の人がいっていたんですよ。『インタビューなどがあって、一度も、サインを求められなかったのは、お宅の娘さんが、初めてだ』って」

そのあと、今度は、父親が、

「私はね、歌舞伎役者よりも、プロ野球の選手に、好きな人がいるんですが、娘がアナウンサーになってから、一度も、その選手のサインを、貰《もら》ってきてくれとか、頼んだことはありませんよ。そういう点は、きちんとしていないと、娘も困るだろうと思いましてね。娘の部屋を、調べてもらえば分かるのですが、プロ野球の選手とか、歌舞伎役者のサインは、一枚もありませんよ」

「こちらと、歌舞伎との関係は、三年前に、歌舞伎役者とマネージャーが、五人で訪ねてきて、娘さんが、赤穂を案内した。その時、空斎さんが、茶碗をプレゼントした。それだけですか？」

「ええ、そうですよ。ほかには、何も、ありません」

「それなのに、どうして、こんなことに、なってしまったのかと、考えてしまうんです」

と、母親が、いった。

「尾上竜之介さんのお父さんも、有名な歌舞伎役者なんです。それから、母親は、人気女優で、藤木流の、日本舞踊の名取りでした。その両親から、事件の後、何か、こちらに、連絡はありませんでしたか？　電話とか、手紙とか、どちらでもいいんですが」

「いいえ、どちらも、ありませんでした。私は、そのことでグチをこぼしたことがあるんですよ。もし、心中だとしても、尾上竜之介さんにも、責任の一端が、あるんじゃないか？　当然、ご両親からも、何らかの、連絡があってしかるべきではないか？　そんなことを、訪ねてきた雑誌社の人に、いってしまったことが、ありますよ」

と、父親が、いった。

「何という雑誌の人に、その話を、されたのですか？」

「たしか、名刺を、貰っているので、お見せしますよ」

父親は、奥に引っ込むと、すぐ一枚の名刺を、持ってきて、十津川に、見せてくれた。

「週刊真実編集部　前田勲《いさお》」

と、印刷されている。

「この前田という編集者に、山本さんは、今いったことを、話されたんですね？」

「ええ、そうです。この前田さんが『お宅の娘さんは、加害者でなくて、被害者ですよ。尾上竜之介さんが遺書を残していて、それには、よんどころない事情により心中すると、書いていますから、当然、お嬢さんは、被害者ですよ』と、いってくださったので、尾上竜之介さんのご両親から、何か電話なり、手紙なりがあってもいいんじゃないかと、つい、グチをこぼしてしまったんです」

「それで、週刊真実にそれが載りましたか？」

「いいえ、私がいったことは、一行も、載りませんでした」

「その代わりに、どんな記事が、載ったのですか？」

「この前田さんは、こちらに来て、高校時代の、娘の同級生にも会って、話を聞いたらしいんです。その中の一人が、由美さんは、高校時代から、有名人が好きだったと、答えているんです。びっくりして、それらしい人に、聞いてみたんですが、『そんなことは、話していない』という返事でした」

「週刊真実には、抗議されたのですか？」

「いいえ、しませんでした」

「どうしてですか？」

「それまでにも、ずいぶんあること、ないことを、書かれましたからね。抗議をしたら、また、悪口を書かれてしまうのではないかと、それが怖くて、黙ってしまったんです」

と、父親が、いった。

最後に、十津川は、小西敬一郎の写真を、見せて、

「彼は、小西敬一郎といって、東京の刑事ですが、心中事件に、疑問を持ちましてね。自分一人で、調べているんですが、こちらに、来ませんでしたか？」

最初、両親とも、否定していたが、十津川の帰りしなになって、やっと、母親が、

「いらっしゃいましたよ」

と、いった。

十津川は、もう一度、座り直して、

「この、小西警部は、どんなことを、お二人に、聞いていましたか？」

「小西さんが、お聞きになったことで、覚えているのは、ウチの娘には、こちらに、誰か、好きな人がいるんじゃないかということでした。そういう人が、いたら、その人に、話を聞きたいので、教えてくださいと、いわれました」

「娘さんには、そういう人が、いたんですか？」

「娘は、地元の高校を出るとすぐ、京都の大学に、入ってしまい、その時は、四年間、ずっと寮生活でした。大学を卒業すると、東京の中央テレビに、入社しましたから、

地元に、恋人を作る暇は、ありませんでした。ですから、『恋人はいませんでしたよ』と、答えました」

「小西警部は、何といいましたか？」

「ちょっと、意外そうでしたけど、何もいわずに、そのまま、お帰りになりました。それだけです」

と、母親が、いった。

十津川は、亡くなった山本由美の高校時代の友人で、今も地元に住んでいるという女性の名前を二人聞いて、彼女たちに、会ってみることにした。

3

一人は、島田真奈美、すでに、結婚していて、一歳になる女の子がいた。夫は現在、備前市役所に、勤めているという。

十津川たちは、島田真奈美の、マンションを訪ねていった。彼女は、一歳の幼女をあやしながら、十津川の質問に、答えてくれた。

「あの由美が、歌舞伎役者さんと、心中事件を、起こしたなんて、とても、信じられませんでした。今だって、信じていません。だって、そういうところからは、いちばん遠いところにいる、女性だと思っていましたからね」

「どうして、そう思うんですか?」

「だって、私たちの仲間の中では、由美が、いちばん、冷静な女性でしたから」

と、真奈美が、いう。

「しかし、それは、高校時代のことでしょう? 京都の大学に入り、その後、東京で、アナウンサーになったんですから、その間に、性格が変わったということも、考えられませんか?」

「三年前に、彼女の案内で、若手の、歌舞伎役者さんたちが、赤穂に行ったり、こちらで、陶芸家のお父さんと、お会いになったことが、あるんですよ。私も招待されて、由美の、お父さんの窯で、若手の歌舞伎役者さんに会ったんですけど、私は、有名人が、好きだから、すっかり舞い上がって、しまったんです。その中で、いちばん冷静だったのが、由美だったんですよ。あの時の、彼女の様子を見て、ああ、高校時代と、ちっとも変わっていないなと思ったんです」

「四人の、歌舞伎役者の中に、心中した尾上竜之介さんもいたのですが、覚えていますか?」

「事件のあとで、ああ、あの時の人だと、気づきました」

「尾上竜之介さんからか、山本由美さんのほうからかはわかりませんが、二人が、接近するような雰囲気を、感じませんでしたか？」

「いいえ、そういうものは、全く感じませんでした。由美の家は、お父さんも、厳しい人だし、彼女自身が、今も、いったように、相手が有名人だからといって、浮足立つこともなく、極めて冷静なんですよ。だから、そんな、雰囲気なんて、少しも、感じませんでした」

「事件の前に、彼女に会われたことがありますか？」

「いいえ、最近は、会ったことが、ありません。ただ、電話をしたら、いろいろと忙しくて、故郷に帰りたいんだけど、なかなか、帰れない。そんなことを、ボヤいていたのは、覚えていますけど」

十津川は、島田真奈美にも、小西敬一郎の写真を見せ、

「最近、この人が、あなたに、会いに来ませんでしたか？」

「ええ、来ましたよ。突然、見えられたので、ビックリしました。東京の刑事さんが、いったい何の用かと、思って」

「それで、どんなことを、聞かれました？」

「由美が、三年前に、四人の若手の歌舞伎役者さんを連れて、ここに、来た時の様子は、どうだったかと聞かれました」

「それで、何と答えたのですか？」

「さっきもいいましたが、あの時、いちばん冷静だったのは、彼女で、私なんかは、すっかり、舞い上がってしまったと、答えました。そうしたら、この刑事さんは『そうですか、いちばん冷静でしたか』と、笑っていましたよ。だから、私の答えに、満足されたんじゃないかしら」

二人目の、大和田幸子は、まだ独身で、伊部駅近くの陶芸店で、働いていた。

十津川たちは、その店で、大和田幸子に、会った。

彼女も、小西敬一郎に、会ったと、いった。小西から同じことを聞かれ、同じように、答えたという。そのあと幸子は、小さな箱に入った、一つの湯呑《ゆの》みを、持ってきて、十津川に見せた。

「去年のお正月に、彼女が、久しぶりに帰ってきて、これを、作ったんです」

「箱には、去年の年号と、新人賞と、書いてありますね？」

「この湯呑みは、彼女の、形見分けでもらったものなんですけど、お父さんの山本空斎さんが、娘のためにと、コンテストに、出品したのです。そうしたら、見事に、新人賞に輝いたんです。それだけ、陶芸の才能が、素晴らしかったんじゃないかしら？」

と、幸子が、いった。

「私が聞いたところでは、彼女は、将来、お父さんの跡を継いで、陶芸を、やりたいといっていたそうですが？」

「ええ、私も、聞いていました。彼女、本気だったと、思いますよ。だから、お父さんも、彼女の才能に期待していたんじゃないかしら？」

「この備前焼の湯呑みを、コンテストに出品したのは、お父さんが、娘に期待していたからですかね？」

「ええ、そう思います」

「この湯呑み、一晩だけ、お借りしても構いませんか？」

十津川が、きいた。

「ええ、どうぞお持ちになってください」

「箱書きが、ありますが、これを書かれた人は、有名な人ですか？」

十津川が、きくと、

「箱書きしたのは、伊崎公仁先生といって、人間国宝にも、なっている方です」

幸子が、教えてくれた。

十津川は、その湯呑みを持って、いったん旅館に帰った。

「すぐ東京に帰りますか？」

と、亀井が、きく。

「いや、もう一日、この、伊部に泊まろうと、思っている」

「それでは、まだほかに、会うべき人がいるんですか？」

「いや、誰もいない」

「それなら、一刻も早く、東京に、戻るべきじゃありませんか？」

亀井が、力を込めて、いった。

東京に帰って、心中事件を、再考するためには、歌舞伎界の人たちに会わなければならない。歌舞伎自体が、何百年もの重みを、持っているし、今回の事件を起こした尾上竜之介の家系、尾上家というのも、歴史ある歌舞伎の世界の中でも、名門である。事件を見直すとすれば、そうしたこと全《すべ》てを考えて、行動しなければならなくなる。

だからこそ、一日も早く、東京に、帰るべきではないか？

亀井は、そう考えて、質問したのだが、どうやら、十津川は、何か、別のことを考えているらしかった。

十津川たちは、旅館に戻り、部屋で、夕食を食べることにした。

十津川は、大和田幸子から借りた備前焼の湯呑みを箱から出して、箱の上に置いた。

「この湯呑みを見ていると、死んだ山本由美がいった言葉は、本気だったんだと、思えてくるね」

十津川が、いった。

「彼女が、いつか、アナウンサーを辞めて、父親の跡を、継ぐといったことですか？」

「ああ、そうだ。これだけの、才能があるんだからね」

「彼女も、本気だったでしょうが、父親も、彼女に、期待していたんじゃありませんか？」

「だろうね。そう考えると、ますます、今回の事件が、心中だったとは、思えなくなってくる」

夕食を終えて、二人は、風呂《ふろ》に入った。

二人が、布団《ふとん》に入って眠りかけた時、枕元《まくらもと》の電話が鳴った。

十津川が、手を伸ばして、受話器をつかむ。電話は、フロントからで、

「十津川様に、お電話が入っています。お繋《つな》ぎしても、よろしいですか？」

「待っていたんですよ。すぐ、繋いでください」

と、十津川が、いった。

受話器から、中年の男の声がした。

「小西敬一郎です」

と、男が、いった。

「きっとあなたから、電話がかかってくるだろうと思って、お待ちしていたんです」

「そうですか」

「私たちが、この伊部に、来たことを、どこかで、見ておられたんでしょう？」

「そうです」

「どうして、声を、かけてくれなかったのですか？」

「最初は、十津川さんが、どっちの味方なのか、わかりませんでしたからね。警視庁は、あの事件を心中事件だと、断定されました。もし、十津川さんが、そのままの気持ちでいらっしゃるのなら、声をかけても仕方がない。そう思って、今まで、十津川さんの行動を、失礼だが、見守っていたんです。どうやら、私と同じように、あの事件を、もう一度見直したい、そういう、十津川さんの気持ちが、わかったので、こうして、電話をしたんです」

「これから、どうされるのですか？　一度、心中事件として、断定された事件を、もう一度、掘り起こして、捜査するのは、大変ですよ」

「だから、私も、このまま、捜査を続けて、何の進展もなければ、警察を辞めるつもりでいます。十津川さんは、どう考えておられるのですか？」

「小西さん、あなたのお陰で、あの事件をもう一度、見直す気に、なりました。しかし、警視庁捜査一課として、もう一度、あの事件を捜査し直す方向に、持っていくのは、並大抵のことでは、ありません」

「再捜査の可能性は、何パーセントぐらい、あるんですか？」

「正直にいって、分かりません。ただ、私個人の考えをいえば、間違いなく、あの事件は、心中事件ではありませんね。誰かが企《たくら》み、誰かが、実行した殺人事件だとみて、間違いないと思います。ただ、それだけでは、警察という大きな組織は動きません」

「やはり、難しいですか？」

「簡単では、ありません。ただ、こちらで、週刊ジャパンの記者、坂井義之さんが殺されました。これは、間違いなく、殺人ですから、当然、岡山県警が、捜査に当たるでしょう。そうなると、われわれも、岡山県警と、協力することになりますから、坂井義之さんの殺人事件を、捜査する段階で、去年の十二月二十六日に、起きた心中事件にも、手を伸ばすことが出来るだろうと、期待しているのです」

「坂井さんのことは、驚きましたし、残念です。でも、それを聞いて、安心しました」

「それで、これから、どうされるつもりですか？」

と、今度は、十津川が、きいた。

「私は現在、二十日間の、有給休暇を取っています。したがって、池袋警察署の警部ではなく、小西敬一郎個人として、動いているわけで、どこにでも行けます。ただ、逆にいえば、警察手帳をひけらかすことはできませんが、その分、気は、楽ですよ。何とか、あの、心中事件が、殺人事件だという証拠を、二つか三つつかんで、それを、新聞や雑誌で、発表したいと思っています。もちろんその時には、当然、警察を、辞めることになります」

と、小西が、いったところで、突然、通話が途切れた。

「もしもし」

と、慌《あわ》てて、十津川が、呼びかけたが、すでに、電話は切れてしまっていた。

「今の電話は、小西警部からですか？」

亀井が、きいた。

「そうだ。小西警部からだよ」

「警部は、小西警部から、電話があると考えて、もう一日、東京に帰るのを、延ばしたんですか？」

「確信はなかったが、誰かに、見られているような気がしていたんだ。われわれの行動を気にしている人間が、いるとすれば、小西敬一郎以外にはない。それなら、出発を延ばせば、連絡してくるんじゃないのか？　そう思って、帰京を、一日延ばしたんだよ」

4

翌日、旅館で、朝食を済ませると、東京に帰る前に、十津川は、大和田幸子に湯呑みを返してから、岡山県警に、顔を出した。日生の港に、死体となって浮かんでいた坂井義之についての捜査が、どうなっているのか、それを知りたいと、思ったからだった。

県警本部では、まず、本部長に挨拶をし、その後、事件の捜査を、担当している榊《さかき》原《ばら》警部と、もう一度、話し合うことにした。

榊原警部は、十津川に会うなり、

「被害者の坂井義之が、東京の人間なので、どうしても、警視庁に、協力していただかなければなりません」

「喜んで、お手伝いしますよ」

「今、被害者の、坂井義之を、というよりも、彼が記者をやっていた、週刊ジャパン最近号の目次を、岡山の、市立図書館に行って、コピーしてきたんですよ」

と、榊原が、いい、続けて、

「この週刊誌では、いろいろな、事件を扱っていますが、記者の坂井義之が、殺されたことと、関係がありそうなのは、やはり、東京で起きた、尾上竜之介の心中事件ですね。そうなるとやはり、警視庁の協力が必要です」

「ただ、警視庁に、問題のあることを、配慮していただきたいのです」

と、十津川が、いった。

「わかっています。この心中事件のことでしょう? 心中という断定を、覆《くつがえ》すわけにはいかない。よくわかります」

「そうです。そこまで、踏み込むと、当然、反対の声が出るでしょうね」

「よくわかっていますが、被害者の坂井義之というのは、週刊ジャパンの、記者の一人で、週刊ジャパンは、心中事件に対して、疑問を呈した記事を、書いていた。そうなると、捜査の途中で、難しい問題が、起きてくるかもしれませんね」

「その点は、こちらに、協力するように、努力しますよ」

十津川が、いった時、突然、榊原の携帯が鳴った。

榊原が、携帯を、開く。

「何が、見つかったって？ 名刺か？ 名刺の名前は、中野慎太郎。住所は東京。わかった。すぐ、そちらに行く」

榊原は、それだけいうと電話を切り、十津川に向かって、

「日生の、遺体発見現場周辺を調べている、刑事からの電話で、名刺を一枚、見つけたそうです。そこに書かれていた名前は、中野慎太郎。住所といいますか、連絡先は、東京のS芸能だそうです」

「中野慎太郎ですか？」

十津川は、その名前を、反復するようにいった後で、

「私も、日生の現場に、連れていってください」

「その名前に、何か、心当たりでもあるんですか？」

榊原が、立ち上がりながら、いう。

「歌舞伎の世界には、さまざまな、家系があります。尾上竜之介の尾上も、名門の家

系の一つです。中野という家系も、あるのですが、名門ではありません。その家に生まれた中野慎太郎という人は、たしか、名門に生まれた役者の、番頭のようなこともやっていたと、思うのです。いわばマネージャーですね。心中事件を調べた時に、たしか、中野慎太郎という人にも、話を聞いたことを、思い出しました」

「どうやら、面倒なことになりそうですね」

と、榊原が、いった。

十津川と亀井は、榊原と一緒に、パトカーで、現場の、日生に向かった。

赤穂線に沿った国道を、走る。瀬戸内海が、否応なしに、視界に入ってくる。ここは、瀬戸内なのだ。

「中野慎太郎という人は、どういう人ですか？」

車の中で、榊原が、また、きいた。

「さっきもお話ししたように、中野という家は、歌舞伎では、名門では、ありません。歌舞伎の世界は、今でも、名門の家に、生まれれば、イヤでも、主役を張ることができますが、名門の家に、生まれないと、演技がいくら上手でも、主役を、貰うことは、なかなか、できません。忠臣蔵でも、尾上竜之介は、名門の家に、生まれていますから、最初から、お軽勘平の、勘平をやったり、塩冶判官を演じたりしていました。それに比べて、中野慎太郎は、年齢は、尾上竜之介と同年齢ぐらいですが、その他大勢の、小さな役ばかりを、やっていましたね。それから、尾上家の役者たちが、楽屋で、顔を直している時、中野慎太郎は、いわゆる番頭さんといって、受付とか、ファンに対する応対などの、仕事をしていました」

「そうなると、自然に、いい役がつく名門に生まれた役者と、努力しても、なかなかいい役がつかない役者との間で、確執があったりするものでしょうか？」

「二つの考えが、あると思うのです。こうしたケースは、歌舞伎界の長年のしきたりだから、誰も疑問に思わず、問題化しないだろうという話もあるし、逆に、民主主義の世の中になったのだから、そうした差別は、おかしいと、声が上がるだろうという話もあります。どちらが正しいか、歌舞伎の世界を、捜査したわけではありませんから、私にも、判断がつきかねます」

と、十津川が、いった。

パトカーが、日生の港に、入っていった。

今日も、天気がよく、海面に陽の光が反射して、キラキラ光っている。ちょうど、島めぐりの連絡船が、出るところだった。

埠頭《ふとう》に、岡山県警のパトカーが二台、並んで、停まっていた。

こちらのパトカーが、近づくと、向こうから、若い刑事が、二人、降りてきた。その一人が、榊原に、問題の、中野慎太郎と書かれた名刺を渡した。

榊原が受け取った名刺を、十津川たちも、覗《のぞ》き込んだ。

たしかに、中野慎太郎という名前と、東京のS芸能の住所、電話番号が、入っている。

「この名刺、どこに落ちていたんだ？」

榊原が、刑事にきく。

「向こうのビルの裏です」

「そこは、入念に調べたんじゃなかったのか？」

「調べましたが、気がつきませんでした。今日、誰かが落としたのかもしれません」

と、若い刑事が、いう。

「気がつかなかったということは、ひょっとすると、死体が発見された時から、落ちていたことも考えられるのだな？」

と、榊原が、念を押した。

「はい。見落としていたのかもしれません」

と、刑事が、いった。

第四章 重ね着の死体

1

十津川たちは、東京に帰るとすぐ、歌舞伎《かぶき》役者、中野慎太郎に会うことにした。

週刊ジャパンの記者、坂井義之が、岡山県日生《ひなせ》の港の中に、水死体となって浮かんでいた。その近くに、中野慎太郎の名刺が落ちていた。

落としたのは、中野本人か、それを受け取ったことのある人物、ということになる。

岡山県警が、この中野慎太郎が事件と関係あるのかどうかを、帰京する十津川に、調べてくれと、依頼したのである。

十津川は、中野慎太郎に、亀井と二人で会いに行くことにした。

S芸能の広報に問い合わせると、中野慎太郎は、三十五歳で、まだ独身で、築地《つきじ》のマンションに、住んでいるという。

マンションの場所はすぐ分かったが、その七階に住んでいるという中野慎太郎は、留守だった。

管理人に聞くと、ここ二、三日、顔を見ていないという。

「独り者だから、旅行にでも、行っているんじゃありませんか？」

と、管理人が、いった。

今のところ、中野慎太郎が、週刊ジャパンの坂井義之殺しに、関係があるという証拠はないのだから、中野慎太郎の行方が分からないからといって、勝手に家宅捜索をするわけにも、いかなかった。

そこで、S芸能で、中野慎太郎について詳しく聞くことにした。鈴木という広報部長に会った。

鈴木は、警視庁捜査一課の刑事が二人、いきなりやって来たので、戸惑った表情を見せた。

「中野慎太郎が、何か、事件を起こしたのですか？」

鈴木が、不安げな顔で、きく。

「いや、そういうわけではありません。中野さんとは、関係のないところで事件が起きましてね」

「事件ですか？」

「岡山県に日生という港があるのですが、そこで殺人事件が起きたのです。たまたま、その現場近くに、中野慎太郎さんの名刺が落ちていたので、どうして、中野慎太郎さんの名刺がそこにあったのかを、知りたくて、伺ったのですよ」

十津川は、努めて柔らかい口調でいい、日生の現場近くに、落ちていた中野慎太郎の名刺を、鈴木に、見せることにした。

十津川が、S芸能のマークの入った名刺を見せると、鈴木は、

「たしかに、中野慎太郎の名刺です」

相変わらず、不安げな表情である。

「築地にある中野慎太郎さんのマンションを訪ねたところ、お留守でした。管理人の話では、ここ二、三日、旅行にでも、行っているのか、顔を見ていないということでした。それで、こちらで、中野慎太郎さんについて、いろいろと、お聞きしたいので

すよ」

と、十津川が、いった。

「分かりましたが、刑事さんがお知りになりたいのは、いったい、どんなことですか？」

「中野慎太郎さんは、どんな役者さんですか？」

「中野慎太郎は、三十五歳で、歌舞伎の世界では若手ですが、大変な、勉強家なんですよ。歌舞伎についての、知識も深いので、若手の研修を、手伝ってもらっています」

「舞台にも、当然、出ていらっしゃるんでしょう？」

「ええ、もちろん、出ていますよ。主役ではありませんが、主役に絡《から》む脇役《わきやく》の一人、例えば、腰元の一人とか、花魁《おいらん》の一人として出演しています。彼がいると、安心感があるという主役の役者もいるくらいで、歌舞伎には、なくてはならない一人だと、思っていますよ」

「忠臣蔵にも出たことがありますか？」

「ええ、ありますよ。忠臣蔵には、たくさんの役者が出ますからね。そういう時には、特に、脇を固める、芸達者な役者が、必要なんですよ。それには、中野慎太郎が、いちばんです」

と、鈴木は、強調した。

「中野慎太郎さんは、どうして、あの年で独身なんですか？」

亀井が、横からきいた。

鈴木は、苦笑して、

「さあ、どうしてでしょうか？ そういう役者のプライベートなことは、私にも、分かりません」

「中野慎太郎さんは、女形《おやま》が専門なんですよね？」

亀井が、きく。

「ええ、その通りです」

「もしかして、それが、原因じゃありませんか？」

「原因って、何ですか？」

「よく、女形の人は、なかなか、結婚しないというじゃありませんか？ そのことですよ。中野慎太郎さんが、なかなか結婚しないのは、女形を、専門にやっている。それが、理由なんじゃありませんか？」

「たしかに、そういう人も、いるかもしれませんが、中野慎太郎に関しては、私にも、

「分かりません」

鈴木は、少し笑いながら、同じことをくり返した。

「中野慎太郎さんは、亡《な》くなった尾上竜之介さんと、同じ舞台に出たことはありますか？」

十津川が、きいた。

「ええ、出たことはありますよ。何しろ、今もいったように、中野慎太郎は、主役ではありませんが、脇を固めるには、演技もしっかりしているし、セリフもしっかりしていますからね」

「忠臣蔵でも、同じ舞台に立ったことが、あるんですかね？」

「ええ、ありますよ。ただ、尾上竜之介のほうは主役で、中野慎太郎はワキですから、二人が絡むということは、あまりなかったと、思いますが」

「尾上竜之介さんは、亡くなったときたしか、三十歳で、中野慎太郎さんは、三十五歳で、年齢が近いから、舞台を離れて、プライベートでも、二人が、付き合っていたということは、ありませんかね？　一緒に飲みに行くとか、旅行に行くとかですが」

「会社としては、二人のプライベートな関係までは、分かりません」

十津川が、中野慎太郎の私生活をよく知っている人間を紹介してほしいと頼むと、鈴木は、中野慎太郎が、いちばん親しくしている役者を、紹介してくれた。

白石健太郎という役者である。中野慎太郎と同じ三十五歳で、こちらも名門ではないので、主役を張れる役者ではないらしい。

鈴木が、白石健太郎に、電話をしてくれて、渋谷で会えるように約束を取りつけてくれた。

2

十津川たちは、中野慎太郎の舞台写真を、数枚もらって、白石健太郎との、待ち合わせの場所である渋谷道玄坂《どうげんざか》の喫茶店に、向かった。

白石のほうが先に来て、コーヒーを飲みながら、待っていた。

背広姿だが、ネクタイはしていない。襟《えり》の高いワイシャツが、白石健太郎という役者を、年よりも、若く見せていた。

白石は、十津川に会うなり、いきなり、

「広報部長の鈴木さんからは、友だちの中野慎太郎について、知っていることを、全《すべ》て、刑事さんにお話ししなさいといわれましたが、本当は、尾上竜之介さんのことを聞きたいんじゃありませんか？」

と、いった。

「あなたと中野慎太郎さんの間では、心中事件を起こした、尾上竜之介さんのことを、時々、話題にするんですか？」

十津川が、きいた。

「いつもではは、ありませんけど、大きな事件でしたから、いやでも、話題になってしまうんですよ」

と、白石が、いった。

「その時には、いったい、どんな話に、なるんですか？」

「事件の直後は、信じられませんでした。だから中野君と二人で、あれは、単なる、心中事件じゃないだろう。おそらく、尾上竜之介さんが、一方的に女性のほうから迫られて、仕方なく、一緒に死んだんじゃないかと、そんなことばかり、いっていましたよ」

「今は、どうなんですか？」

「今は半々ですね。今でも、何かおかしいと、思うこともあるし、逆に、尾上竜之介さんのほうが、何か理由があって、にっちもさっちもいかなくなり心中してしまったのではないかと思うこともありますね。いずれにしても、女性には、用心しなければと、話しているんです」

「中野慎太郎さんとは、毎日会っているんですか？」

「今、一カ月ばかり、休みになっていたんですが、近々、次の公演の稽古《けいこ》が始まるので、その前に彼を誘って一緒に、旅行に行こうかと、思っていたんですが、ここ三日ぐらい、いくら電話をしても、彼が出ないんですよ。それで、築地のマンションにも、行ってみましたが、留守でした。たぶん、一人で旅行に出ているんだと思いますが、携帯が、繋《つな》がらないので、連絡が取れません」

「兵庫県に、赤穂《あこう》という町があるんですよ。播州《ばんしゅう》赤穂です。向こうで、話を聞いたのですが、歌舞伎で忠臣蔵をやる時は、役者さんが、興行の前に、やって来て、大石神社に、お参りをしたり、自分が演じる義士の人形などを見て、帰っていくそうなんですが、亡くなった尾上竜之介さんも、来たようなんですよ。あなたも、赤穂に行ったことが、ありますか？」

「中野君と一緒に、行ったことがあります。忠臣蔵をやる時に、行ったんじゃなくて、旅行が好きなので、彼と一緒に、行きました」

「それは、いつ頃でしたか？」

「去年の十月でしたよ。その時に、向こうでは、カキオコを、いくつも頼みました」

「カキオコ？　ああ、カキの入ったお好み焼きですね。私も、向こうで、カキオコを食べました」

「そうですか。地元では、B級グルメといって、宣伝しているようですが、あれは、絶品ですよ」

「大石神社にも、行きましたか？」

「ええ、大石神社にも、参詣《さんけい》しましたし、遊覧船に乗って、対岸の、小豆島《しょうどしま》にも行きました」

「中野慎太郎さんですが、ここ三日間ぐらい、彼と連絡が、取れないと、いわれましたね？　一人で、旅行に出かけたと、思われるんですか？」

亀井が、きいた。

「ええ、たぶん、そうだとは、思うのですが。もうじき、稽古が始まるので、それまでには帰ってこないと困ると思って、心配しているんです。連絡がつかないので」

「中野慎太郎さんと、尾上竜之介さんとは、親しくしていたようですか？」

十津川が、きいた。

「よくは知りませんが、中野君は勉強家で、歌舞伎の、主な演目は、全てのセリフを覚えていると、いわれています。それで、主役の役者さんが稽古をするのに、中野君を、相手にする人が多く、その中に、尾上竜之介さんも、入っていたようです。もちろん、ちゃんとした舞台稽古も、あるんですが、歌舞伎というのは、演出家が、いませんからね。その分、自分自身で、工夫をしなければならないんです。特に、主役の方は、そうした問題が、あるので、よく一人で、勉強されていて、その時には、中野君が、お相手を務めることが多いと思いますね」

「去年の暮れに、忠臣蔵を、昼夜通しでやりましたね。その時も、尾上竜之介さんは、中野慎太郎さんを、相手に、稽古をしたことが、あったんでしょうか？」

「正式な舞台稽古ではないので、そういうことは、役者同士では、あまり、話をしませんね。でも、中野君の話では、正式な舞台稽古以外に、尾上竜之介さんに、呼ばれて、稽古に、付き合ったことがあるとは、いっていました」

「一緒に、稽古をしたのは、何回ぐらいですかね？」

「はっきりしたことは、分かりませんけど、たぶん、五、六回じゃありませんかね？」

と、白石が、いった。

「そうしたことを、通じて、二人の仲が良くなり、一緒に、食事に行ったり、旅行に、行ったりすることが、あったんでしょうか？」

「いや、それは、なかったと、思いますね」

「どうしてですか？」

「何しろ、尾上というのは、この世界では、名門ですが、私や、中野君は、名門の出では、ありませんからね。そういう二人が、プライベートで、付き合うことは、なかなかないんですよ」

と、いって、白石が、笑った。

「あなたは、ご自分の名刺を、持っていますか？」

「ええ、持ってますよ。歌舞伎の好きな外国人に会ったりする時なんかには、名刺があったほうが、便利ですからね」

「中野慎太郎さんも、名刺を持っていたんでしょうか？」

「持ってましたよ。たぶん、一緒の頃に、二百枚ほど作ったんじゃないかと思いますよ。ただ、せっかく作ったのに、私なんかは、あまり、配ったことは、ありませんけどね」

「これは、中野慎太郎さんの名刺ですか？」

十津川は、例の名刺を、白石に、見せた。

「ええ、間違いなく、中野君の、名刺ですよ」

白石は、自分の名刺を取り出して、十津川と亀井に渡した。

会社のマークが入った、全く同じ形の名刺だった。

「赤穂の先に、日生という小さな港町があるんですが、そこにも、白石さんと中野さんは、行かれましたか？」

「ええ、たしか、日が生まれると書くんでしょう？　行きましたよ。さっきも、いいましたが、そこの食堂で、カキオコを食べ、そこから、遊覧船に乗って、小豆島に行ったんです」

「その旅行の時ですが、あなたと中野慎太郎さんは、どこかで、名刺を渡しませんでしたか？」

十津川が、きいた。

「名刺は、持っていったと思うのですが、あの時は、それを、渡すような機会は、一度もありませんでしたね」

と、いって、白石は、また、笑った。

「S芸能で、中野慎太郎さんの舞台写真を、何枚か、もらいました。みんな、女形に、なっているんですけど、そういう役が多かったんですか？」

「そうですね。元々、彼は、女形が専門ですからね」

「中野慎太郎さんは、女形が専門だから、まだ結婚しないで、独身でいるのではないかと、広報部長の、鈴木さんにきいて、笑われてしまったんですよ」

と、亀井が、いった。

「それは、どうですかね。僕は、女形が専門ではないので、よく分かりません。今度、中野君に会ったら、その辺のことを、聞いておきますよ」

「あなたも独身ですね？」

「そうです」

「それは、何か、理由はあるのですか？」

「僕が独身でいることには、理由なんてありませんよ。今は、仕事が楽しいし、何となく、面倒くさいので、結婚せずに、いるだけです」

と、白石が、いった。

結局、白石健太郎も、中野慎太郎の居所は、分からないといった。

3

その三日後の朝、中野慎太郎が、自宅に、帰ってきたようだという、白石の電話があり、急遽《きゅうきょ》、十津川は亀井と二人、パトカーで、築地のマンションに急行した。

しかし、中野慎太郎のマンションの前に着くと、そこには、所轄《しょかつ》の築地警察署のパトカーが、停まっていた。

それを見た途端に、十津川は、不安に襲われた。

マンションの中に入っていくと、ちょうど、築地警察署の野本という警部が、エレベーターから、降りてくるところだった。

「殺されたのは？」

「そうです」

「殺しですか？」

「七〇一号室に住んでいる、中野慎太郎という歌舞伎役者ですよ」

と、十津川が、きく。

(不安が的中した)

と、十津川は、思った。

エレベーターで、七階まで上がり、七〇一号室を覗《のぞ》くと、2DKの洋室の床に、男が倒れていた。

所轄の刑事が、死体を抱き起こして、十津川に見せてくれた。胸から、血が流れ出ていたらしいが、それはもう、乾いていた。

「胸に二発、銃で撃たれた跡があります。おそらく、即死でしょう」

所轄の刑事が、いった。

しかし、死体を、よく見ると、奇妙な格好をしていることに気がついた。

着物を着た、貧しい侍《さむらい》の格好なのだが、その下に、矢絣《やがすり》の女物の着物を着ているのだ。

下の矢絣の着物に、血痕《けっこん》がついていたが、上から羽織った侍の着物にも、同じ位置に血痕が付着していた。

「これは、発見された時のままの姿なんですか？」

十津川は、築地署の刑事に、きいた。

「そうです」

「これを見て、妙だなと、思ったんじゃありませんか？」

「思いました。私は、着物について、詳しいことは分からないのですが、どうして、被害者は、女物の矢絣の着物の上に、男の着物を羽織っているのか？　それが不思議に思えました」

「そうでしょうね。誰が見たって、妙な感じですよ」

「被害者は、歌舞伎役者で、女形を専門にやっていたと、聞いたのですが、それと関係があるのかどうか」

と、相手は、首をかしげた。

テーブルの上には、コーヒーカップが二つ、どちらにも、半分ほどのコーヒーが残されていた。

犯人とは知り合いで、被害者の中野慎太郎が、自分から、ドアを開けて、犯人を招じ入れたとしか思えなかった。ドアのカギは、壊されていなかったからである。

野本警部が、部屋に戻ってきた。彼から、今までに、分かっていることを聞いた。

「今日の午前九時二十五分、一一〇番がありまして、マンションで、人が殺されているという通報だったので、すぐ来てみました。そうしたら、ご覧の通りです。犯人は、近くから、拳銃《けんじゅう》を、二発撃っています。拳銃は発見されていませんから、犯人が持ち去ったのでしょう。発見者は管理人で、七階に、上がってきたら、この部屋のドアが、少し開いていた。ここ五、六日ほど、被害者の中野慎太郎は、留守にしていましたから、管理人は、不用心だなと思って、中を覗いたところ、死体を発見し、すぐ一一〇番したと、いっています」

「それで、部屋の中は、もう、調べたんですか?」

「いや、まだ、調べてはおりません。これからです」

「それでは、徹底的に、調べようじゃありませんか？」

と、十津川が、いった。

4

検視官が、十津川に、いった。

「詳しい死亡時刻は、司法解剖をしてみないと分かりませんが、おそらく、昨夜の十時から十二時の間だと、思われます」

部屋の中からは、これはというものは、発見されなかった。手紙や写真などは、ほとんどなかった。あっても、和服姿で、新年に、近くの神社に、お参りに行った時の写真とか、舞台の写真ばかりで、事件の手掛かりになりそうなものは、見つからなかった。

十津川が、引っ掛かったのは、携帯電話が、見つからなかったことである。前に会った白石健太郎も、携帯を持っていたし、まして、この七〇一号室には、固定の電話が見当たらなかった。

それならば、仕事関係でも、友人関係でも、当然、中野慎太郎は、携帯を使って、連絡していたとみていいのだ。

それなのに、見つからないということは、中野慎太郎を殺害した後、犯人が持ち去ったのだろうか？

十津川は、白石健太郎に、携帯を使って、連絡を取ってみた。

「今、中野慎太郎さんの、マンションにいます。中野さんが、拳銃で二発撃たれて、死んでいるのが、発見されました」

十津川が、いうと、白石は、すぐには返事をせず、数秒黙っていたが、

「それって、本当なんでしょうね？」

「残念ながら、本当です。今、われわれが、捜査を始めたところです」

中野慎太郎が、携帯を持っていたかどうかをきくと、

「もちろん、持っていましたよ。よく、メールの交換をしていましたから。きのう帰ってきたことも、メールで知らせてくれたんです」

十津川は、白石が、教えてくれた中野慎太郎の携帯の番号に、かけてみた。

しかし、一向に、繋がらない。呼び出しているが、留守番電話にも、繋がらないのである。

(電池が切れているか、あるいは、壊されてしまったかだろう)

と、十津川は、思った。

昼過ぎになって、先日会ったS芸能の広報部長の鈴木が、マンションに、顔を出した。

十津川は、鈴木に、中野慎太郎の死体を見せた。

「死体に、何か、おかしいところがあることに気がつきませんか？」

「いや、すぐ気がつきましたよ。男物の着物の下に、女物の矢絣の着物を着ている。刑事さんには、それが、奇妙に見えるんでしょう？」

「鈴木さんには、奇妙には、見えないんですか？」

「まあ、パッと、見た時には、おかしいなと思いました。でも、中野慎太郎は、女形専門の歌舞伎役者ですからね。矢絣の着物は、忠臣蔵でも、時々、着ていますし、次の公演で腰元の役が決まっていましたから、自宅で稽古でもしていたんじゃないでしょうか。中野慎太郎を殺した犯人は、中野慎太郎の知り合いの人間なんじゃありませんか？　だから、コーヒーも出している。その時、犯人は、侍の格好をして、見せてくれないか、とでもいったんじゃありませんかね？　だから、中野慎太郎は、男の着物を取り出して、羽織って、見せたんじゃないかと思います。よっぽど親しい人でなければ、そんな事はしないでしょうがね」

しかし、鈴木の答えに、十津川は、首をかしげてしまった。

何しろ、中野慎太郎は、プロの役者である。そして、犯人は、知り合いだろうと思われる。

その犯人から、侍の格好をして見せてくれないかと、いわれて、いくら知り合いでも、簡単に、男の着物を、羽織ったりするだろうか。何しろ、下には、矢絣の着物を着ているのだ。当然、みっともなくなる。そんなことはしないだろう。何といっても、中野慎太郎は、プロの役者なのだ。

女形を専門とし、本物の女性以上に、女性らしく見せることを、信条としている人間なのである。

素人《しろうと》の十津川は、そう思った。

絶対に、矢絣の着物を脱いでから、侍の着物を着て、相手に、見せるのでは、ないだろうか？

それとも、犯人に命令されて、二重に、着物を羽織ったのか？

そうだとすれば、犯人は、銃口を向けながら、中野慎太郎を脅したことになる。

しかし、中野の死に顔からは、恐怖の表情は、見て取れなかった。

中野慎太郎は、犯人を迎え入れ、コーヒーを出し、二重に着物を着ていたのだ。なぜ、そんなことをしたのか？

十津川は、鈴木に向かって、

「中野慎太郎さんが、帰ってきたと聞いたので、来てみたんですが、鈴木さんのほうにも、中野慎太郎さんが、旅行から帰ってきたという連絡があったんですか？」

「いや、そういう連絡は、何も、ありませんでした。別に、仕事に穴を開けていたわけでは、ないですから」

と、鈴木が、いう。

「最近、中野慎太郎さんが、困っているという話は、聞いていませんか？　女形専門の中野慎太郎さんに、ファンが高じたストーカーがまとわりついていて、やたらに電話してくるから困っているとか、そういう話は、聞いていませんか？」

十津川が、鈴木に、きいた。

「そういう話は、中野慎太郎からは、何も、聞いていませんよ」

と、鈴木が、いった。

十津川は、管理人を、七階に呼んで、

「銃声は、聞こえましたか？」

と、きいてみた。

「いいえ、銃声のようなものは、全く聞いていません」

と、管理人が、いう。

七階の住人に、聞いても、答えは、全く同じだった。銃声を聞いた人間は、一人もいないのだ。

どうやら、犯人は、サイレンサーを使ったらしい。

「犯人は、銃の扱いに、慣れた人間のようですね」

と、亀井が、いった。

その日の午後には、築地署に、捜査本部が置かれた。

十津川は、岡山県警の榊原《さかきばら》警部に、電話をかけた。

「そちらから、調べてほしいと頼まれた中野慎太郎の件ですが、殺されてしまいました。自宅マンションで、何者かに、拳銃で二発撃たれて、発見されました」

「本当ですか？　参ったな」

榊原が、電話の向こうで、呆然《ぼうぜん》としているのが、分かった。

「それでは、週刊ジャパンの坂井義之を、日生で殺した犯人が、今度は東京で、中野慎太郎を、殺したと、十津川さんは、思われますか？」

榊原が、きく。

「断定はできませんが、可能性は、かなり高いと、思います。何しろ、中野慎太郎の名刺が、日生の遺体発見場所の近くで見つかって、そのすぐ、後ですからね。それに、中野慎太郎の部屋から、盗まれたものは、何もないのに、携帯電話だけが、見当たらないのです」

「とすると、その携帯電話には、犯人の名前や住所、電話番号が、登録されていたのかもしれませんね」

「その点は、同感です。犯人は、サイレンサーを、使っているのです」

「そうすると、最初から殺すつもりで、中野慎太郎のマンションを、訪ねていったということになりますね？」

「そうです。それ以外には、考えられません。何しろ、至近距離から、二発も、中野慎太郎の胸めがけて、撃っているのです」

「今の十津川さんの話では、被害者と、犯人は顔見知りのように聞こえますが、それで間違いありませんか？」

「そうですね。ドアの錠は、壊されていませんから、中野慎太郎本人が、ドアを、開けたとしか思えません。それに、殺人現場のテーブルの上には、コーヒーカップが二個並んでいて、その中には、コーヒーが残されていましたから、これも、被害者自らが、コーヒーを、淹《い》れて、犯人に、出したとしか思えません」

「なるほど」

「同じ役者仲間の、白石健太郎という人間が、いるんですが、彼は去年の十月に、中野慎太郎と二人で、そちら方面に、旅行に行ったといっているのです」

「岡山にですか？」

「ええ、そうです。その時に、二人で、赤穂に行っているし、日生にも行っている。日生では、例のカキオコを食べて、遊覧船に乗って、小豆島に、行ったと、いっています」

「こちらで、知りたいのは、中野慎太郎と、去年の十二月に、心中事件を起こして死んだ尾上竜之介との、関係なんですが、どうなんですか？」

榊原が、きく。

「その点が、どうにも、はっきりしないのです。尾上竜之介は、名門の家に生まれた歌舞伎役者で、逆に、中野慎太郎は、名門の出では、ありません。それで、舞台の上でも、二人が絡むようなことはほとんどなくて、それぞれ、尾上竜之介は主役を、中野慎太郎のほうは、脇役を演じているのです」

「とすると、同じ、歌舞伎役者なのに、二人には、接点が、あまりなかったということになりますか？」

「それが、そうでもないようなのですよ」

「どういうことですか？」

「中野慎太郎という役者は、ひじょうに勉強家で、歌舞伎の演目や、歴史にも詳しいし、忠臣蔵でいえば、全てのセリフを覚えているんだそうです。それで、尾上竜之介が、一人で、稽古をしたい時には、中野慎太郎を呼んで、演技の稽古をしていたといわれています」

「そういうことならば、当然二人の間に、関係があったということに、なりませんか？」

「そうなんですよ。忠臣蔵の昼夜通しのような、大きな演目で、尾上竜之介が、舞台稽古とは関係なく、一人でセリフや、所作の勉強をしたい時には、中野慎太郎を呼んでいたようですから、榊原さんのいわれるように、ある意味、親しかったとは、思われます」

　十津川は、いい、その後、中野慎太郎の死体を見た時、奇妙だったといい、矢絣の女の着物の上から、侍の着物を羽織っていたと話した。

「それは、歌舞伎の世界では、普通に、やられていることなんですか？」

「そんなことは、ないようですね」

「それでは、犯人が、銃で脅かして、中野慎太郎に、そんな格好をさせたんでしょうか？」

「それも不自然ですね」

「そうすると、自分から進んで、そういう格好をして犯人と向かい合ったということになるのですか？」

「いや、それも、少しばかり、考えにくいのですよ。中野慎太郎という役者は、歌舞伎の世界では最初から、ずっと女形をやっていて、次の公演でも腰元の役が待っていたんだそうです。だから、そんな矢絣の着物を着ていたとも思うのですが、普通ならば、その着物を脱いでから、侍の着物を着ますよ。そうしないと、全体的に、太って見えて、格好悪いですからね。常に、自分を美しく、見せようとしているプロの女形が、そんな重ね着をして、自分をブザマに見せるようなことを、するとは、とても、思えないのです」

と、十津川が、いった。

「しかし、現実に、中野慎太郎は、女の着物の上から侍の着物を羽織って、死んでいたんでしょう？　犯人が、殺してから、侍の着物を羽織らせたということは考えられませんか？」

「私も、同じことを、考えましたが、殺してから着せたわけでは、ありませんね」

「どうして、そういえるのですか？」

「男の着物と、矢絣の着物と、どちらにも同じ位置に、血痕がついていましたから」

「なるほど。間もなく、次の公演の稽古が始まるのですか？」

榊原が、きく。

「その通りです。二日後です」

「中野慎太郎は、何日留守にしていたんですか？」

「マンションの、管理人の話を聞く限り、中野慎太郎が、留守にしてから殺されるまでに、少なくとも五日間あったと思われます」

「帰ってきてすぐ、殺されたんですね？」

「そうです。その日の夜のようです。ただ、それまで、どこに行っていたのかが、分からないのです」

「名刺の件では、何か、分かりましたか？」

「事務所や友人に、聞いてみると、確かに中野慎太郎は、会社の、マーク入りの名刺を持っていました。友人の役者は、自分と、同じ頃に、名刺を作ったはずだと、いっていました。中野慎太郎は、その名刺を、かなりの人に渡していたようです。二百枚刷った名刺が、マンションの部屋には、百枚ほどしか、残っていませんでした。ですから、今までに、百枚は、配っているということになります」

「その百枚の中の、一枚が、日生の港近くに、落ちていたことになるのでしょうか？」

「その点は、微妙だと思うのです。本人が落としたことも、考えられますが、彼から、名刺をもらった犯人が、捜査を攪乱《かくらん》するために、わざと、落としたのかもしれません」

十津川は、慎重に、いった。

翌日の朝刊各紙には、事件のことが、大きく載った。

殺された中野慎太郎は、歌舞伎の世界では、主役を、演じたことがなく、いつも、脇役である。当然、歌舞伎ファンの間でも、中野慎太郎の名前を、知っている人間は、ほとんど、いないのではないか？

それなのに、新聞各紙が、大きく扱ったのは、明らかに、去年の十二月に、起きた尾上竜之介の心中事件が、まだ、人々の記憶にあったからに違いなかった。

「今回の中野慎太郎が、殺された一件は、去年の十二月の心中事件と、何らかの関係があるのではないか？」

と、書いた新聞もあった。

また、中野慎太郎と尾上竜之介の関係を、指摘した新聞もあった。

その記事に、十津川は、目を通してみたが、尾上竜之介が、個人的にセリフや所作を、練習する時に、中野慎太郎を、呼んだことがあるらしいとしか、書いてなかった。

これは、すでに十津川も、知っていることである。

翌日には、殺された、中野慎太郎が、友人と一緒に去年の十月に、兵庫県と岡山県を走る赤穂線に乗って、播州赤穂や、遊覧船が出ている日生にも、行ったと報じられていた。

どうやら、このニュースの出どころは、白石健太郎が、新聞記者に、話したものらしい。

しかし、容疑者は、警察にもまだ分からないし、自分たちにも、分からないと、記者は、正直に、書いていた。

5

白石健太郎の話から、殺された、中野慎太郎が、去年の十月に、赤穂線を使って播州赤穂に行き、大石神社に、参拝したり、また、日生の港にも行って、遊覧船に乗ったことが分かっている。

日生といえば、週刊ジャパンの記者、坂井義之の死体が、発見されたところでもある。

十津川は、捜査本部のホワイトボードに「日生」「坂井義之」「中野慎太郎」の、三つを並べて書いた。

中野慎太郎の名刺は、本人が、落としたものか、坂井義之を、殺した犯人が、わざと、落としておいたものか、その判断は、まだ、ついていない。

その時、十津川の頭に浮かんだのは、週刊ジャパンの坂井義之と、歌舞伎役者の、中野慎太郎が、親しかったのではないのかということだった。

だからこそ、中野慎太郎の名刺が、日生に、落ちていたのではないのか？

十津川は、亀井を連れて、今度は、週刊ジャパンを、発行しているT出版に行って、週刊ジャパンの編集長、青山に、聞いてみることにした。

「編集長は、歌舞伎役者の、中野慎太郎さんが殺されたことは、もちろん、ご存じですよね？」

と、まず、きいた。

「もちろん、知っていますよ。実は、今年の正月に、三週間にわたって、日本の古典芸能を、特集しようということで、能と文楽と歌舞伎《かぶき》を、取り上げたんですよ。たしか、その時に、中野慎太郎さんにも、話を聞いたと思って、今ちょうど、バックナンバーを、調べようとしていたところです」

と、青山が、いった。

なるほど、テーブルの上には、今年の正月に発行された、週刊ジャパンが、何冊も積んであった。

青山がいったように、三週連続で、能、文楽、そして、歌舞伎の、特集になっていた。

十津川たちも、協力して、調べることになった。

一月の三週目に、発売された号の表紙に「日本の古典芸能を考える　歌舞伎編」と刷られてあった。青山編集長が、同じ号を、三冊持ってきて、三人で、その記事を、読むことにした。

すぐに、青山が、

「ありましたよ」

なるほど、特集の、真ん中あたりに、

「歌舞伎は、主役だけでは、絶対に、成り立たない。芸達者な脇役が、どうしても、必要である」

と、書かれ、その中に、中野慎太郎の、名前もあった。

中野慎太郎の紹介は、次のように、なっていた。

〈現在の歌舞伎の生き字引。あらゆる演目について、全ての所作とセリフに通じていて、若い主役級の歌舞伎役者の、誰もが頼りにしている。それが中野慎太郎である〉

「この記事を書いたのは、坂井義之さんじゃなかったんですか？」

と、亀井が、きいた。

青山は、頷《うなず》いて、

「そうなんですよ。担当した記者は、もう一人いて、二人で、手分けして書いたんですが、主として書いたのは、坂井君です」

と、いった。

「この記事には、写真が、たくさん使われていますが、全部、忠臣蔵ですね？」

「去年の暮れの十二月に、歌舞伎座で、昼夜通しで、忠臣蔵が演じられました。その時に取材をして、写真を撮り、記事を、書いたんです」

「しかし、尾上竜之介さんの写真が、一枚もありませんね？　あの時は、たしか、塩《えん》冶判官と、勘平をやって、評論家から、絶賛されたんじゃなかったですか?」

「そうなんですよ。去年の暮れに取材した時には、絶対に、歌舞伎特集には、尾上竜之介さんの写真を、載せるつもりだったんですが、あんなことに、なってしまいましたからね。写真を、使うことが、はばかられたので、尾上竜之介さんの写真は、使いませんでした」

と、青山が、いった。

「尾上竜之介さんの、インタビューは、録音してあるんですか?」

「ええ、録《と》ってありますが、これも、使えませんでした」

「中野慎太郎さんのほうは、どうなんですか?」

「坂井君が、中野慎太郎さんのことも、取材していますよ。しかし、全部は使いませんでした」

と、青山が、いう。

「もし、録音が、今でも、保存してあるのでしたら、聞かせて、もらえませんか?」

と、十津川が、頼んだ。

十津川と亀井は、応接室で、坂井義之がインタビューした、尾上竜之介と中野慎太郎の録音を、聞かせてもらうことになった。

6

最初は、尾上竜之介である。

「まだ千秋楽前ですが、今回は、昼夜通しで、忠臣蔵をおやりになって、大変ですね。竜之介さんは、その中で、お軽《かる》勘平の勘平と、塩冶判官の二役、本当にご苦労様です」

「緊張の連続ですが、それだけやりがいがあります」

「大変な評判ですよ。批評家が、絶賛していますから」

「ありがとうございます」

「舞台をちょっと、離れるんですが、竜之介さんは、今年で三十歳。現在、独身ですよね？」

「ええ、そうです。いい縁が、なかなか、ないんですよ」

「今回、竜之介さんが、演じている塩冶判官には、きれいな奥さんがいますし、お軽勘平の勘平には、お軽という、恋人がいます。そういう役を、演じていて、結婚願望のようなものは、出てこないんですか？」

「そうですね。今は、まだ、勉強の時期だと、思うのですよ。たしかに、お軽勘平など、愛し愛されるような役で、嬉《うれ》しいのですが、どうしても、芸をもっと深めようと、そのことのほうが、先に立ってしまいましてね」

「しかし、モテるでしょう？　竜之介さんは若いし、ハンサムだし、それに、若手のホープだから」

「さあ、どうでしょうか？」

「『藤十郎《とうじゅうろう》の恋』という菊池寛の小説がありましたよね？」

「ええ、読んだことはありますよ」

「小説の中ですが、坂田藤十郎が、芸のために、人妻に恋をしたふりをする。芸人というものが、よく分からないのですが、竜之介さんは、そんなことを、考えたりはしないんですか？」

「いや、とんでもない。そんなことは考えませんよ」

「そうですか。ひょっとして、竜之介さんが、小説のようなことを、したら面白いなと、そう思ったりするんですが、違いますか？」

「それは、女性の心を、もてあそぶことになるじゃありませんか？　そんなことは、しませんよ」

7

次は、中野慎太郎である。

「今回は大変ですね。いろいろなことを、やらなければ、ならないから」

「たしかに、そうなんですが、僕は、ワキの人間ですからね。主役の人に比べれば、それほどでも、ありません。それに、楽しいですよ」

「中野慎太郎さんは、やっぱり、女形を演じることが、多いんですか？」

「ええ、そうですね。腰元をやったり、町娘をやったり」

「女形の役とは、あまり、関係がないと思いますが、皆さん、きれいに、揃《そろ》ってトンボを切りますよね？ あれは、毎日、稽古をされているのですか？」

「そうですね。毎日稽古をしていないと、突然やれといわれた時、きれいにトンボが切れませんから」

「ワキといえば、これは、ちょっと、イヤな質問かもしれませんが」

「どんなことをお聞きになりたいのか、大体分かります」

「分かりますか？」

「たぶん、歌舞伎の世界では、名門に生まれないと、主役が、もらえない。そういうシステムについて、どう思いますかという質問でしょう？」

「そうなんです。もし、答えにくければ、結構ですが」

「別に、答えにくくはありませんよ。たしかに、名門の家に生まれないと、主役は、まず、回ってきません。正直いって、時には、悔しいと、思うこともありますよ。でも、これが、歌舞伎の伝統であり、歴史でも、あるんです。ずっと変わらずに来たから、今も残っている。そんなふうに考えるんです。伝統とか、歴史というのは、長い時間をかけて、変わっていく。そういうものだと思っているのです。それに、脇役《わきやく》ですから、いろいろな役がやれて、楽しい面もありますよ」

「脇役の楽しさって、具体的にいうと、どんなことなんですか？」

「そうですね。例えば、助六由縁江戸桜《すけろくゆかりのえどざくら》という演目が、あるんです」

「それなら観《み》たことが、ありますよ。たしか、助六と揚巻《あげまき》が出てくるお芝居でしょう？」

「その芝居で、花魁《おいらん》の一人を、やったことがあるんです。花魁が四人並んでいて、僕たちが『あれー、揚巻さんが』といわないと、揚巻は、舞台に、出られないわけですよ」

「つまり、あなたたちのセリフで、芝居が始まるということですね？」

「ええ、そうなんですよ。僕たちが、セリフをいわない限り、芝居が、始まらないのです。そういう時には、自分が、主役になったようで、なかなか、楽しいものですよ」

「なるほど」

「大げさにいえば、人生だって、主役ばかりでは、世の中が、成り立っていかない。そんなものでしょう？」

これが、週刊ジャパンの坂井義之が、尾上竜之介と、中野慎太郎にインタビューした時の、内容だった。

第五章　竜之介の相手役

1

築地署内の捜査本部に、かなり大きな封筒が、送られてきた。

宛名《あてな》は「警視庁捜査一課長殿」となっていて、差出人の名前は、どこにもない。消印は、京都で、ある。

中身は、一枚の大きな写真だった。

四十七士が、討ち入りの装束を着て、ずらりと並んでいる。勢揃《せいぞろ》いの感じである。

「去年十二月の忠臣蔵の時のものですかね？」

亀井がいう。

「そうだろう。たぶん、十二月の上演の前に、全員で、写したものだと思うね。稽古《けいこ》が、終わった後の、いわば一日だけの休みというやつだ」

「装束の、襟《えり》のところに、名前が書いてありますが、歌舞伎《かぶき》の忠臣蔵の役名じゃありませんね」

たしかに大星由良之助《おおぼしゆらのすけ》ではなくて、大石内蔵助《くらのすけ》に、なっている。だとすれば、稽古が終わった後、それぞれ、自分が選んだ、四十七士の本名を書いた衣装を着て、全員揃って、記念写真を撮ったのだろう。

そこには亡《な》くなった尾上竜之介の顔もあった。彼だけは、二役をこなし、萱野三平《かやのさんぺい》に扮《ふん》しているほか、浅野内匠頭《たくみのかみ》にも扮して、別枠で写っていた。

「いったい、誰が、何のために、こんな写真を、われわれのところに、送ってきたのでしょうか？」

亀井が、首をひねっていた。

たしかに、誰かが、今度の事件に絡《から》んで送ってきたに違いない。もともとは、一つの趣向として、撮った写真だろうが、送り主は、どんな意味をこめているのか。この四十七士の写真を、いったい、どう、解釈しろというのだろうか？

「この四十七士の中で、すでに、二人死んでいますね？」

亀井が、いう。

たしかに、亀井のいう通りだった。一人は、尾上竜之介、もう一人はと、十津川は、目で探した。

見つかった。

四十七士の一人に、扮している中野慎太郎である。

中野慎太郎が扮しているのは、襟元の名前を見ると、岡野金右衛門《きんえもん》とある。

十津川は、今回の事件の捜査を担当するようになってからは、努めて四十七士の名前を覚えるようにしている。岡野金右衛門という人物についても、手帳にエピソードが、書き留めてある。

さらに、『赤穂義士伝』という本を、机の引き出しから取り出して、岡野金右衛門というページを開いてみた。

「岡野金右衛門包秀《かねひで》
部屋住（亡父は二百石）行年二十四歳。

亡父包住《かねずみ》の兄が、小野寺十内《じゅうない》であり、姉が大高源五《おおたかげんご》の母である。

吉良《きら》上野介《こうずけのすけ》の様子をうかがうため、武林唯七《ただしち》らと江戸に出た後、すぐに、吉良邸そばの本所相生町《ほんじょあいおい》二丁目に店を構えていた、同じ四十七士の米屋五兵衛《ごへえ》こと前原伊助《まえばらいすけ》と小豆屋善兵衛《あずきやぜんべえ》こと神崎与五郎《かんざきよごろう》のところに、手代として住み込んだ。

神崎与五郎の小豆の店を手伝っているうちに、吉良家御長屋の子守娘に惚《ほ》れられたのを幸いに、岡野金右衛門は、いつわりの恋をして、その娘の父で、吉良家お出入りの大工の棟梁《とうりょう》から、吉良邸の絵図面を盗み出させて手に入れた。

この絵図面が、討ち入りの時に大変役に立ったので、『岡野金右衛門恋の絵図面取り』と、世にいわれている。始めは、いつわりの恋だったが、若い二人の間で、次第に真実の恋へすすんだともいわれる。

俳諧《はいかい》をよくする、神崎与五郎は、岡野金右衛門と、吉良家の子守娘の関係を、知っていて、次のように、歌を作っている。

『同志の者の恋初《こいそ》めとみて時雨《しぐれ》を』と、詞書《ことばが》きをつけて、

『神無月《かんなづき》しぐるる風は越ゆるとも　同じ色なる末の松山』

と、詠《うた》っている。

したがって、岡野金右衛門の恋の絵図面というのは、どうやら、作り話ではなく、本当の話らしい」

とあった。

「この話ですが、何となく、引っかかりますね」

と、亀井が、いった。

忠臣蔵が、歌舞伎で、大当たりを取ったがために、赤穂浪士は一躍、人気者、あるいは、英雄になった。そうなると、四十七士一人一人に、さまざまなエピソードが、生まれてくる。

いずれも、もっともらしい話だが、その大部分は、後から、作られたものらしい。

例えば、大石内蔵助の一子、主税《ちから》に関する話である。

この大石主税には、許嫁《いいなずけ》があって、大石内蔵助と主税が、山科《やましな》の閑居にいると、そこに主税の許嫁を連れて、母親が、乗り込んできて、何としてでも二人を結婚させたいという。

この話も、どうやら、劇作家が作ったものらしい。

あるいは、四十七士の一人、赤埴《あかばね》源蔵は、無類の大酒飲みだった。それが、討ち入りが決まった十二月十四日の昼間、兄に、それとなく別れをいいに行ったが兄は不在、そこで酒を入れた徳利《とくり》を前に置いて、兄への別れを口にした。

いわゆる『赤埴源蔵徳利の別れ』だが、それも、事実ではないらしい。源蔵が書いたものによると、兄はいないからである。

しかし、岡野金右衛門包秀の話は、どうやら、本当らしい。同志の、神崎与五郎の名前が出てくるからである。

更に、神崎与五郎の『神無月しぐるる風は越ゆるとも　同じ色なる末の松山』

という歌もある。

（もしかすると、写真の送り主は、この岡野金右衛門のエピソードをわれわれに知らせたいのだろうか？）

と、十津川は、思った。

亀井がいうように、写真の中で、すでに亡くなっているのは、萱野三平に扮した尾上竜之介と、岡野金右衛門に扮した、中野慎太郎の二人だけである。当然、注目は、尾上竜之介と、中野慎太郎の二人に行くに決まっている。

「この岡野金右衛門のエピソードは、本当の話なんでしょう？　神崎与五郎は、すでに店を持っていた。その与五郎の小豆屋に、美男子の岡野金右衛門が後から来て、手代として住み込む。その時、金右衛門は、吉良家御長屋の子守娘に惚れられてしまう。そこで、岡野金右衛門は、偽りの恋をして、その父から吉良邸の絵図面を盗み出させる。これも、実際にあったようですから」

と、亀井が、いった。

「たしかに、『実証　義士銘々伝』を読むと、最初は、絵図面を手に入れようとして、偽りの恋をしているが、岡野金右衛門のほうも、その娘のことが、本気で好きになったと書いてある。だから、神崎与五郎は、そのことを、歌にしているんだ」

「しかし、岡野金右衛門は、このあと、ほかの同志と一緒になって、吉良邸に、討ち入りするわけでしょう？　本気の恋だったとしても、結果的には偽りの恋と同じじゃありませんか？　絶対に、一緒になれるわけがないのですからね」

「たしかに、その通りだ」

「そうなると、いやでも、尾上竜之介の、心中事件が浮かんでくるじゃありませんか？」

と、亀井が、いった。

「そうだな」

「それにしても、尾上竜之介は、本当に、女性アナウンサーと心中したんでしょうか？　それとも、この岡野金右衛門と同じように、尾上竜之介は、偽りの恋を、していたのかもしれませんよ。ところが、何者かが、それを利用して、二人を心中に見せかけて、殺してしまった。それを知らせようとして、何者かが、こんな写真を、捜査本部に送りつけてきたんじゃありませんか」

「しかしね、カメさん、尾上竜之介は、遺書を書いて、死んでいるんだ。あの遺書を、尾上竜之介本人が書いたことは、間違いない。それについては、どう考えるね？」

「しかし、女性の、遺書は、見つかっていません」

「そうだがね、女性の遺書だけがあったら、私はこの心中は、本物じゃないと、断定するが、逆だからね。尾上竜之介のほうが、遺書を書いているから、問題になってくるんだ」

「しかし、あれが、本物の心中でしたら、その後で、殺人事件なんかは、起きないんじゃありませんか？」

「たしかに、カメさんのいう通りだ。しかし、証拠がない」

と、十津川は、いった。

写真を眺めていた亀井が、

「警部、この中で、寺坂吉右衛門《きちえもん》に扮しているのは、あの尾上栄泉《えいせん》じゃありませんか？」

と、いった。

寺坂吉右衛門は、身分が低く、そのために、討ち入りの後、大石内蔵助から、みんなとは別れて、使いを頼むといわれ、一人別行動を取っている。

しかし、歌舞伎の、忠臣蔵になると、寺坂吉右衛門というのは、かなり重要な役回りである。だから尾上竜之介の父親、尾上栄泉が、寺坂吉右衛門に、扮したとしても、別に、おかしくはない。

「そうだ、尾上栄泉に、会ってみよう。会えるかどうか、聞いてみてくれ」

十津川が、亀井に、いった。

2

亀井が調べてみると、尾上栄泉は、現在、伊豆《いず》の東海岸の、温泉地に、妻と二人で、泊まっているとわかった。

そこで、十津川たちは、その温泉地、正確には、蓮台寺《れんだいじ》の、旅館に行ってみることにした。

二人は、パトカーを飛ばして、尾上栄泉に会いに行った。

尾上夫妻は、その旅館の離れに、泊まっていた。

尾上栄泉の妻、すなわち、竜之介の母である花江は、かつて人気女優で、藤木流の、日本舞踊の名取りだという。

十津川たちは、庭にある滝の見える座敷で、二人から話を聞くことにした。

十津川は、例の写真を、二人の前に置いて、

「昨日、われわれのところに、この写真が送られてきました。差出人の名前はありませんでした。まず、お聞きしたいのですが、この写真は、正確にいうと、いつ、撮ったものでしょうか？」

「ああ、これですか」

と、栄泉は、その写真を手に取って、眺めながら、

「去年の十二月に、忠臣蔵が上演されましてね。その稽古が終わった後で、芝居の中では全員が、歌舞伎忠臣蔵の名前になってしまう。そこで、その前に、本名を書いた、討ち入り装束を着て、記念写真を撮ろうじゃないかということになって、それで、撮影したんですよ」

と、いった。

「この討ち入り装束ですが、各人が用意したものですか？　それとも、誰かスポンサーがいて、そのスポンサーが提供したものですか？」

「早川和食という、日本食のチェーン店があるんですよ。そこの社長さんが、大の歌

舞伎ファンでしてね。歌舞伎のことも、よく知っていて、倅《せがれ》の尾上竜之介の、後援会の会長さんでもあったんですが、早川社長さんが、衣装を全部、用意してくれました」

「早川和食ですか」

十津川は、その名前を、手帳に書き留めた。

早川和食の名前は、聞いたことがある。十津川も、そのチェーン店の一つに、二、三回は、行ったことがあるかもしれない。

十津川が、注意深く写真を見ると、役者らしくない人物が、写っていた。貝賀弥左衛門《かいがやざえもん》という名前が見える。ひとり足りないので、スポンサー自身が、四十七士の一人に扮したのか。

「もしかすると、この人が、その早川社長さんですか？」

十津川が、きいた。

「ええ、そうです。早川稔《みのる》さんといって、まだ五十代じゃありませんかね？　でも、なかなかのやり手だといって、業界では、有名だそうですよ」

「この早川稔さんですが、亡くなった尾上竜之介さんの後援会の会長を、なさっていたんですね？」

「ええ、そうなんですよ。たしか、四、五年前、倅が、まだ、それほど名前が売れていない頃から、後援会の、会長をしていただいて、いろいろとお世話をしてくださった方ですよ」

と、尾上栄泉が、いう。

「歌舞伎の忠臣蔵の役名ではなく、本当の赤穂《あこう》浪士の名前で写真を撮ろうと、誰が発案したんですか？」

「さて、どうでしたかね？　誰が決めたんでしたか。みんなで決めたような、気もしますし、早川社長が、決めたような気もします」

「それで、この討ち入り装束は、各自が、自宅に、持ち帰っているわけですか？」

「ええ、そうです。この写真を撮った後、各自が記念にするといって、自宅に持ち帰りました」

「実は、竜之介さんが、亡くなった後で、二人の人間が、亡くなっているのです。竜之介さんの心中事件に、クエスチョンマークをつけた雑誌が、あるのですが、その雑誌の記者が亡くなり、また、この中で、岡野金右衛門に扮している、中野慎太郎さんが、何者かに、殺されています」

「中野慎太郎君のことは、存じています。将来有望な役者だったのに、なぜ殺されたのか、とても、残念です」

と、栄泉が、いった。

「正直にいいます。竜之介さんの心中事件に疑問を持つ雑誌の記者が死に、同じ歌舞伎役者の中野慎太郎さんが、殺されました。どうしても、心中事件の当事者、竜之介さんの死に、疑問を持ってしまうのです」

「刑事さんに、そういわれても私には、何とも申し上げられないのですが」

「竜之介さんと、若い女性アナウンサーとの、心中事件には、あなたも疑問を持っていらっしゃるのでは、ありませんか？」

十津川が、きくと、

「いや、私の口からは、何もいえません。何しろ、息子と一緒に、亡くなった方がいらっしゃるのですから、その人に失礼ですから」

と、栄泉が、いった。

「奥さんは、どうですか？」

亀井が、尾上栄泉の妻、花江に、目を向けた。

「私も、主人と同じで、何とも、申し上げられません」

「しかし、お二人とも、頭の中では、竜之介さんの心中事件に対して、疑問を、持っていらっしゃるんでしょう？　当然、心中が本当なのかどうか調べられたはずですよ。そうでしょう、違いますか？　お二人が、どんなことに、疑問を持ったのか、教えていただけませんか？」

と、十津川が、いった。

「最初は、こんなことが、あるはずはない。そう思いましたが、倅と一緒に亡くなった方もいるし、それに、何よりも、竜之介の書いた遺書が、見つかりましたから、これはもう、心中だと思うより仕方がないと、考えています」

と、栄泉が、いう。

「奥さんも、心中とは思われなかったんですか？」

十津川がきいたが、尾上栄泉の妻で、尾上竜之介の母親である花江は、それでも黙っている。

再度、十津川が促すと、

「実は、私が教えている藤木流のお弟子さんの中に、竜之介が、結婚してくれればいいなと思っていた女性が、いたんですよ。竜之介は、その女性と、一緒になるものだとばかり思っていたのに、突然、あんな心中事件が起きてしまって、何が何だか、分からなくて困りました」

「その女性の名前を教えていただけませんか？」

「でも、こんな事件の後ですから、彼女が、傷つくかもしれません」

「ご心配は無用です。絶対に、誰にも明かしませんよ」

と、十津川が、いった。

その結果、花江が教えてくれた名前は、佐伯博美《さえきひろみ》、二十五歳だった。

「亡くなった竜之介さんは、この女性のことを、どう思っていたのですか？」

「憎からず思っていたようです」

「相手の佐伯博美さんのほうは、どうなんですか？」

「佐伯博美さんも、竜之介に好意を持っていると思いました」

「どうして、そういえるんですか？」

「いつでしたか、それとなく、佐伯博美さんに、竜之介のことを、どう思うかと気持ちを聞きましたから」

と、花江が、いった。

「それで、佐伯博美さんが、竜之介さんのことを、好きだと、はっきりいったんですね？」

「はっきりと、好きだとはいいませんでしたが、それらしいことは、いいましたね」

「竜之介さんと、この佐伯博美さんとは、いつ頃知り合ったんですか?」

「たしか、二年くらい前だったと思います。藤木流のお稽古の時に、たまたま、竜之介が稽古場に来たので、紹介したんです。二人が会ったのは、その時が最初でした」

と、花江が、いった。

「できたら、写真があれば、お借りしたいのですが」

と、十津川が、いうと、花江が、

「携帯に保存してあると思うので、探して、後でお送りします」

と、約束してくれた。

3

十津川たちが、捜査本部に戻って、一時間ほどすると、花江から、佐伯博美の写真が、メールで送られてきた。

和服姿で踊っている写真と、洋服姿の二枚の写真だった。

その写真を見比べながら、十津川が、

「あまり似ていないな」

と、いった。

「誰のことを、いっておられるんですか？」

亀井が、きく。

「よくいうじゃないか、男性も女性も、それぞれの好みというものがあって、二人三人と付き合っても、どこか似ている顔だと、いわれる。ところが、この佐伯博美の顔は、たしかに、美人だが、竜之介が心中自殺をした、例の女性アナウンサーの山本由美の顔とは、全く、似ていないよ」

と、十津川が、いった。

「たしかに、似ていませんね」

亀井も、頷《うなず》く。

二人とも、誰が見ても美人である。その美人の質が、明らかに、違っている。その違いは、佐伯博美の内側に向いた美しさと、山本由美の外側に向いた美しさといったらいいのだろうか？　明らかに、タイプの異なる美しさなのだ。

「明日は、早川和食という、チェーン店の社長に会って来よう」

と、十津川が、いった。

その日、十津川の携帯に、送信者不明の一通のメールが入った。

「岡山市内に、何とも不思議な店を、発見。和食のチェーン店で、食事をしながら壁に目をやると、亡くなった、尾上竜之介の大きな写真が、貼《は》ってあった。サインは、丸の中にR」

翌日、十津川は、亀井と二人で、新宿にある、早川和食の本社を訪ねた。

社長の早川稔、五十二歳に会う。

秘書の女性に案内されて、社長室に入ってみると、壁に、大きな尾上竜之介の写真が貼ってあった。

（メールにあった写真というのは、このことか）

と、十津川は、思いながら、

「その写真ですが、尾上竜之介さんじゃありませんか？」

「そうです」

早川が肯く。

「尾上竜之介さんは、すでに、亡くなっているのに、なぜ、写真が、貼ってあるんですか？」

「尾上竜之介さんに、ウチのコマーシャルに、出てもらうことになっていましてね。その時に、カメラマンが何枚か、撮ったその中の一枚なんですよ。そのコマーシャルが出る前に、竜之介さんは、亡くなって、お蔵入りしてしまったんです。それが、今でも、残念でならないのですよ。何しろ、私は、尾上竜之介さんの後援会の会長をやらせていただいていましたからね。それで、使われなかった写真を、こうしてここに貼ってあるんです」

と、早川が、いう。

着物姿の尾上竜之介である。さすがに、歌舞伎の役者だけに、和服が、ぴったりと似合っている。

「たしか、早川和食では、岡山にも、支店を出しているんじゃ、ありませんか？」

と、十津川が、きいた。

「ええ、ありますが」

「私の知り合いが、先日、たまたま、岡山に行きましてね。そこで和食が食べたくなって、こちらの岡山のお店に、行ったところ、これと同じ写真が、あったと、いっていたんですよ」

「そうですか」

「全国のお店に、これと同じ尾上竜之介さんの写真を貼るようにと、指示されていらっしゃるんですか？」

「いいえ、そんな指示は、出していません。貼っても貼らなくても、構わない。岡山の店に、貼ってあったというのなら、そこの店長も、私と同じように、尾上竜之介さんの、ファンなんじゃありませんか？」

と、早川は、いった。

「しかし、所属事務所から抗議は、来ませんか？　この写真は、コマーシャルに使うために、撮ったもので、それが世に出る前に、尾上竜之介さんが、亡くなってしまったんでしょう？　亡くなった役者の写真を、どうして、今もお店に、貼っているのかと、抗議は、来ないんですか？」

「いや、抗議は、来ていません。私が尾上竜之介さんの熱烈なファンで、それに、彼の後援会の会長も、やっていましたからね。向こうの事務所もそのことをよく知っているから、何もいってこないのでは、ありませんかね？　もちろん、抗議が来れば、すぐに、剝《は》がしますよ」

と、早川は、いった。

「早川さんは、いつ頃からの、尾上竜之介さんの、ファンなんですか？」

と、亀井が、きいた。

「そうですね、私がこのチェーン店を始めたのは、今から、十年ほど前なんです。最初は、東京下町の一店舗から始めました。ところが、最初は経営が苦しくて、どうにかやっていけるという自信が持てたのは、五年くらい前からですね。その頃、初めて、歌舞伎を見に行ったのです。それまで歌舞伎なんて、一度も見たことがなかったんですよ。仕事が忙しかったこともありますし、そんな心の余裕もなかったんですね。その時に、初めて、若手の有望株だった、尾上竜之介さんの舞台を見たんです。とにかく、圧倒されましたね。何と、いいますか、男の美しさというか、色気というか、そういうものを、初めて、尾上竜之介さんに感じたんですよ。それですぐ、後援会に入りました」

「その時、尾上竜之介さんの役は、何だったのですか？」

「たしか、若手歌舞伎という形で、若手の役者ばかりが出ていたのですが、三人吉三《きちさ》のお坊《ぼう》吉三をやったんじゃなかったですかね？　ああ、そうですよ、お坊吉三をやったんです。その時は、尾上竜之介さんは、二十五、六歳じゃなかったですかね？　今もいったように、ぞっとするような男の色気に、私は、圧倒されてしまいました。単に上手《うま》い役者というのは、ほかにも、たくさんいますけどね、男の色気を感じさせる役者というのを、私は、その時、初めて見たんです。それでいっぺんに、尾上竜之介さんのファンになりました」

と、早川が、いった。

「去年の十二月に、忠臣蔵が、上演されましたよね？　その時は、見にいらっしゃったのですか？」

十津川が、聞くと、早川は、大きく頷いて、

「ええ、もちろん、見に、行きました」

「尾上竜之介さんは、どんな感じでしたか？」

「もちろん、素晴らしかったですよ。勘平《かんぺい》もよかったですが、塩冶判官《えんやはんがん》も、今までいちばん美しい塩冶判官だと、雑誌が誉《ほ》めていましたね。たしかに、その通りで、あんなにきれいな、塩冶判官は、初めて見たという人が多かったんです」

「その尾上竜之介さんが、去年の十二月の二十五日に忠臣蔵の公演が終わった後、翌日に、テレビ局の、若い女性アナウンサーと心中してしまいましたね？　その話を初めて聞いた時、早川さんは、どう、思われましたか？」

「何といったらいいのか、最初は、全く、信じられなくて、言葉を失いましたね。こんなことがあっていいんだろうかと、そう思いましたよ。尾上竜之介さんは、歌舞伎役者として、まだまだ、これからの人じゃありませんか？　それなのに、何で、つまらない心中事件なんて、起こしてしまったのか？　私には、分かりませんでしたね。

そして同時に、腹が立って仕方が、ありませんでしたね」

「腹が立ったというのは、尾上竜之介さん本人に、対してですか？」

「いえ、尾上竜之介さん本人ではなくて、彼の周りにいた人間に、対してですよ。その女性アナウンサーとの関係を、知っている者がいたら、どうして、止めなかったんでしょうかね？　なぜ、あれだけ将来性のある若い役者を、みすみす、死なせてしまったのか？　そう思って、周りの人間たちに対して、無性に、腹が立ったんですよ」

早川社長が、いった。

その後、早川は、アイパッドを取り出すと、その中に入っている尾上竜之介の写真を、十津川たちに見せてくれた。

プライベートに、早川社長とゴルフを楽しんでいる竜之介の写真があったりするのだが、その中に、侍姿の竜之介と、遊女姿の若い女形《おやま》が並んで写っている写真があった。

注意して見ると、この二人が別の役で写っている写真が、何枚も出てきた。

「これは？」

と、十津川が、きくと、早川は、

「今、若手の女形では、ナンバーワンといわれる片山男女介《みなすけ》ですよ。事務所は、竜之介とのコンビで今年から、大々的に売り出すつもりで、宣伝用に、二人並んで、撮っていたんですよ。最初のが鳥辺《とりべ》山心中《やましんじゅう》、次が女殺《おんなごろし》油《あぶらの》地獄《じごく》の与兵衛と油屋の妻お吉です。三枚目の写真は――」

「それは、私でも知っています。確か、助六と、遊女の揚巻《あげまき》でしょう」

「そうです。このコンビは、絶対に売れたのに、残念でなりません」

「忠臣蔵では勘平を竜之介がやりましたよね。事務所としては、当然、お軽《かる》をこの片山男女介にやらせたかったでしょうに、私の記憶では、別の女形がお軽をやっていたような気がするんですが」

「そうなんですよ。去年十二月の忠臣蔵は、一年に一回の舞台ですから、事務所としては当然、尾上竜之介と、片山男女介のコンビで、お軽勘平をやらせたかったと思いますよ」

「それがどうして、出来なかったんですか？」

「私が聞いたところでは、片山男女介が、病気になってしまったみたいです。それで、年が明けて、新春興行では、曾根崎《そねざき》心中を、二人でと、事務所は勢い込んでいたそうです」

その宣伝写真も、入っていた。

十津川は、ポケットから、尾上竜之介が心中事件を起こした相手の、女性アナウンサーの写真を、取り出した。

「この写真は」

十津川が、説明しようとすると、早川は、その言葉を、遮って、

「知っていますよ。もうニュースで何回も見ましたからね。尾上竜之介さんが、心中をした、相手の女性アナウンサーでしょう？」

「そうです。尾上竜之介さんは、こちらのチェーン店にも、食事に来たことが、あるんですか？」

「もちろん、何回か、来てくださっていますよ」

「その時、この女性と一緒だったことはありませんか？」

と、十津川が、きいた。

「刑事さんは、どうして、そんなことを、お聞きになるのですか？」

「早川さんは、尾上竜之介さんの後援会の会長さんを、やっていらっしゃったんでしょう？」

「そうです」

「その早川さんのお店に、尾上竜之介さんも、食事に来ていたと、さっきいわれまし

た。それなら、心中事件を起こした相手の、この女性を、連れてきたこともあるんじゃないのか？　そう思って、お聞きしたんですけどね」

「いや、この女性と一緒にお見えになったことは、一度も、ありませんよ。ウソじゃありません。もし、お疑いに、なるのでしたら、東京都内に今、十二店のチェーン店が、ありますが、その店一軒一軒に行って、そこでお聞きになってください。そうすれば、私の言葉がウソではないことが、すぐに、お分かりいただけますから」

と、早川が、いった。

「そうすると、尾上竜之介さんは、いつも一人で、食事に来ていたのですか？」

「一人の時もありましたし、お友だちや、同じ役者仲間と一緒の時もありましたよ」

「しかし、この女性と一緒に来たことはない。そういうことですよね？」

「ええ、そうです」

「この片山男女介さんとは、どうですか？　事務所がコンビで売ろうとしているのなら、二人で食事に来たこともあるんじゃありませんか？」

「うーん」

と早川は考え込んで、

「考えてみると、二人で見えたことは、ありませんね。なぜかな？」

「本当ですか？」

「本当です。今いわれて、気がつきました。不思議です」

「他の女性とは来たことはあるんですか？」

と、十津川が、更にきく。

「そうですね。たしか、竜之介さんのお母さんは、藤木流という日本舞踊の家元さんだから、女性のお弟子さんが何人もいらっしゃるんですよ。そのお弟子さんの中の一人と一緒に、尾上竜之介さんが食事に来たことがありましたよ」

「どんな人でしたか？」

「和服がよく似合う、とても美しい女性でしたけどね」

「この女性ですか？」

十津川は、今度は、佐伯博美の写真を取り出して早川に、見せた。

早川は、写真を一目見るなり、ニッコリして、

「ええ、そうですよ。この女性です。あの時はたしか、尾上竜之介さんも、和服を着ていましてね。二人とも和服姿だったので、ちょっとした、素晴らしい光景でしたよ」

「早川さんは、このアイパッドの中の写真によると、尾上竜之介さんとは、一緒にゴ

ルフにも、行っていますね？」

「ええ、そうです。それほど何回もというわけではありませんが、私は、神奈川にあるゴルフコースの会員になっているので、そこに、尾上竜之介さんを、連れていったことがありますよ」

「何回ぐらい行ったのですか？」

「さて、何回だったかな？　三回か、四回じゃなかったかな？　とにかく、初めてゴルフをやるというので、その神奈川のゴルフコースに招待したのですが、彼は、運動神経が抜群でしてね。初めてだというのに、一度も、空振りをしないんですよ。あれには、ビックリしましたよ」

と、早川が、いった。

早川と別れて、車に戻ると、十津川は、亀井に向かって、

「早川社長は、明らかにウソをついているね」

「例の心中相手の女性アナウンサーのことでしょう？」

「カメさんも、そう感じたか？」

「ええ、彼女のことを、聞いたら、感情的になるので、私も気になっていたんですよ。ひょっとすると、早川社長は、あの女性アナウンサーのことを、知っているのかも、

しれませんね」

「そうなんだ。間違いなく、知っているんだ。だから、感情的な反応を示したんだよ」

「どうしますか？」

「そうだな、いったん捜査本部に、戻ってから、早川社長について、調べてみたい」

と、十津川が、いった。

4

十津川は、西本と日下《くさか》の二人の刑事を呼んで、早川和食の社長、早川稔について、調べるようにと、命じた。

西本と日下の二人は、早川和食で働いていた男女、大学時代の友人、早川和食を始める前に、早川稔がサラリーマンをやっていた頃の友人などに会って、話を聞き、それを十津川に、報告した。

「早川稔は、兵庫県相生《あいおい》市の生まれです。小学校と中学校は、地元の相生の学校に行き、親が引っ越しをして、高校は、岡山市内の学校に、通っていました。高校を卒業すると上京し、S大学の、経済学部に入りました。成績は、なかなか、良かったみたいですね。卒業後、最初に、勤めたのは、大手の証券会社です。十年前、四十二歳の時に、証券会社を退職して、早川和食を、立ち上げました。最初は、一年もたずに、潰《つぶ》れてしまいました。全くお客が、入らなかったようです。そこで、今度は、一年間、やみくもに働いて、資金を貯《た》め、もう一度、早川和食の店を出したのです。もちろん、その間にいろいろと、勉強もしたし、マーケティングリサーチもやったみたいですね。今度は、一応、順調に行って、一年間で、五店の、チェーン店を都内に作りました」

「おい、ちょっと待ってくれよ。たった一年間で、五店舗に増やしたって？　少しばかり順調すぎるんじゃないのか。最初は、一年足らずで潰れてしまったんだろう？　違いすぎるじゃないか？」

「ええ、たしかに、その通りです」

「もしかすると、応援してくれる、スポンサーのような人間が、いたんじゃないのか？」

「実は、そうです。故郷の相生の資産家、桜井勝《まさる》、当時七十歳が、まだ、四十三歳だった早川を助けてくれた。それでうまく行ったんだそうです」

と、西本が、いった。

「その桜井というスポンサーは、今、どうしているんだ？」

「数年前に、亡くなっています」

「早川社長の、家庭は、どうなんだ？ 結婚はしていないのか？」

「四十二歳の時に結婚しています」

「どんな女性と、結婚しているんだ？」

「今いった、桜井勝の孫と結婚しています。早川稔、四十二歳、妻、桜井恭子、二十五歳です。しかし、わずか三年で、離婚しています」

「離婚の原因は？」

「分かりませんが、その時には、桜井勝も、すでに、亡くなっていたのです。そんなこともあって、離婚ということになって、しまったのかもしれません」

と、日下が、いった。

「今、早川和食は、全国で、何店舗やっているんだ？」

「東京がいちばん多くて、十二店舗です。そのほか、四十店舗で、合わせて五十二店舗ということに、なります。今のところ、商売のほうは順調で、毎年二パーセントずつ営業成績が、上がっているそうですから、この不景気の中では、かなり健闘しているほうだと思います」

と、西本が、いった。

「業界内の早川の評判は、どうなんだ？」

「決して悪くはありません。付き合いもいいようです。ただ、少しばかり、商売のやり方に、強引なところもあるので、そこが嫌いだという同業者も、何人か、いるようですね」

と、日下が、いった。

「例の心中した女性アナウンサーと、早川社長との関係は何かわかったか？」

「最初は、なかなかつかめませんでしたが、早川社長のまわりを調べていって、やっと、わかりました。彼女は、早川社長の姪《めい》だったんです」

「ということは、早川は、山本空斎《くうさい》の妻の栄子の――」

「弟です」

「姪だということを、どうしてかくす必要があるんだ？」

「彼女は、地元の高校から、京都の大学へ進学しました」

と西本がいった。

「しかし、就活がうまくいかなかった？」

「そのようです。彼女は、マスコミ、特にアナウンサー志望だったのです。何とかアナウンサーになりたい。それで、叔父の早川社長が可愛《かわい》い姪のために、一肌脱いだわけです」

「どんな風にだ？」

「彼女は、中央テレビのアナウンサーになったわけですが、早川社長は、中央テレビの番組の大手のスポンサーなんです」

「なるほどね。そっちから、圧力をかけたか」

「それで、一人の、新人アナウンサーが生れたわけです」

「尾上竜之介の大ファンの早川社長は、アナウンサーになった姪に、インタビューをやらせた」

「ところが、その姪が心中事件を起こしてしまったわけです」

「そうだな」

「他に早川社長について、調べることがありますか？」

「いやもう十分だ」

と十津川は、西本にいい、亀井に向かって、

「次は片山男女介という女形について、調べることにする」

と、いった。

二人は、片山男女介が所属するS芸能に足を運んだ。

建物の中の一角に、演目の宣伝パンフレットや、役者の名前の入ったグッズが、並んでいた。

その横の壁には、等身大のカラー写真のパネルが、飾られている。片山男女介の写真である。

その右側が、ぽっかり空いていた。多分、そこは、尾上竜之介の等身大の写真が、置かれていたのだろう。

その期待の星は、死んでしまった。それで事務所は、尾上竜之介に代る役者を探しているところに違いない。

事務所の人間は、今年一年間のスケジュール表の他に、去年作られた尾上竜之介と片山男女介のコンビの一年間の役柄の豪華写真アルバムを、十津川たちに見せた。

豪華アルバム十二カ月分を横に広げる。

「このアルバムが売れたんですよ。それで、このコンビは、絶対に成功すると、確信しましたね。ところが突然、消えてしまったんですよ」

「しかし、素晴らしいアルバムですね」

十津川は、正直に、いった。

三枚の写真は、早川社長のところで見せて貰《もら》っている。

その他、十津川でも知っている名作の題名がずらりと並び、その舞台を飾る美男、美女に扮《ふん》した、尾上竜之介と、片山男女介の写真が、カラーグラビアで、眼に飛び込んでくる。

曾根崎心中　徳兵衛　尾上竜之介
　　　　　　お初　片山男女介
与《よ》話《わ》情浮名横櫛《なさけうきなのよこぐし》　与三郎　尾上竜之介
　　　　　　お富　片山男女介
心中天網島《てんのあみじま》　治兵衛　尾上竜之介
　　　　　　小春　片山男女介
義経《よしつね》千本桜　狐《きつね》忠信　尾上竜之介
　　　　　　静御前　片山男女介

他にも、お夏清十郎の二人の写真が、あったりするが、今までに、これと同じ役を、二人が舞台で演じたことはなく、それだけに新鮮だとも、書いてある。そして、十二月の出しものは、忠臣蔵になっている。それで、コンビの一年を完成させる気だったのか。

写真の方は、予想通り、勘平（尾上竜之介）とお軽（片山男女介）である。これで、決りという感じがする。

「去年の十二月も、忠臣蔵でしたね」

十津川は、事務所の人間に、いった。

「そうです。大変な人気でしたので、もう尾上竜之介はいませんが、今年も師走《しわす》の顔見せは、忠臣蔵に決めたんです」

「去年の忠臣蔵で、勘平は、尾上竜之介でしたね」

「はい」

「しかし、お軽は、片山男女介ではなかった」

「はい」

「どうして、片山男女介じゃなかったんですか？」

「それは、十二月を目前にして、片山男女介が身体《からだ》を、こわしてしまいましてね。当人は、三十九度の熱でも、出たいといったんですが、熱のために、声も出ないんです。それで、代役を決めました」

「嘘《うそ》ですね」

「え？　何をおっしゃるんです？」

「歌舞伎の役者さんは、全員、銀座×丁目の正木病院に、診《み》て貰っていますね。去年の十一月と十二月のカルテを調べて貰いましたが片山男女介さんは、一度も診て貰っていませんよ」

「――」

「尾上竜之介さんは、残念ながら、亡《な》くなってしまっている。秘密を守っても仕方がないでしょう。本当のことを話して下さい」

「簡単には、判断できないので、広報部長に聞いて来るので、お待ち下さい」

といって相手は、立ち上がった。

十津川は、そんな相手に向かって、

「いっておきますが、私は尾上竜之介さんと、片山男女介さんの間に問題があったと思っているんですよ。この推測が外れていたら、部長さんが、来る必要はありません。しかし、当っていたら、ぜひ部長さんから話を聞きたいですね」

第六章　異形の世界

1

鈴木広報部長が、やっと、こちらのいうことを聞いてくれた。

「本当のことを話しますが、できれば、このことは、内密にしておいてほしいのですよ」

と、広報部長が、いう。

広報部長は、十津川と亀井を、今日は、使われていない、奥の楽屋に連れていった。

さして広い部屋ではない。白粉《おしろい》と花の、いい匂《にお》いがする。

「実は、去年十二月の忠臣蔵は、尾上竜之介の勘平《かんぺい》と、片山男女介《みなすけ》の、お軽《かる》でやろうと、思っていたんですよ」

と、広報部長が、いった。

「ところが、稽古《けいこ》の途中で、突然、尾上竜之介が、片山男女介のお軽を抱いていると、どうしても男を感じてしまって、芝居に集中できないといい出したんですよ」

「どうして、尾上竜之介は、そんなことを、いい出したんですか？」

「これは、あくまでも、感覚の問題ですから、尾上竜之介本人にしか、分からないのですが、たしかに、片山男女介は、将来有望な若手の女形《おやま》ではあるんですが、少しばかり、骨太なところがあるんですよ。しかし、それは、骨格の問題ですからどうしようもありません。芸で補ってもらうよりほかに、仕方がないんですよ。しかし、尾上竜之介が、片山男女介を抱いた時に、男を感じてしまって、芝居に集中できない。そうなると、竜之介の気持ちの問題ですからね。それで、仕方なく、片山男女介は、急病のために、出演できなくなったということにして、急遽《きゅうきょ》、ほかの女形をお軽にして、去年の忠臣蔵は、何とか無事終わりました」

「その後で、尾上竜之介さんは、中央テレビの女性アナウンサーと、心中事件を、起こしましたよね？　あの事件は、今、部長がいわれたことと、何か、関係があるんでしょうか？」

と、十津川が、きいた。

「それは、私には、何ともいえませんね」

「尾上竜之介さんが、片山男女介さんとは、芝居が、できないといって、その後は、どうしていたんですか？」

「会社が、新しい女形として、売り出そうとしていた片山男女介は、相手役の、尾上竜之介からそんなことをいわれて、ガッカリしていましたし、尾上竜之介も、片山男女介に対しても、会社に対しても、申し訳ないといっては、いましたね。でも、自分自身の感覚は、どうしても、騙《だま》せないとも、いっていました」

「会社としては、このコンビで、新しい歌舞伎《かぶき》ファンを集めようとしていたわけでしょう？　それを、尾上竜之介が、いわば、彼自身のわがままで、壊してしまったわけだから、そのことについて、厳しい声もあったのではありませんか？」

十津川が、きいた。

「理由を知らない人たちの間には、そういう空気もありましたよ。しかし、今も、いったように、あくまでも、役者自身の、感覚の問題ですからね。そんなものはわがままだとか、何とかしろとは、いえないんですよ。ただ、会社としては、何とかして、尾上竜之介と、片山男女介とのコンビで、売り出していきたい。そう、願っていました」

「ひょっとして、尾上竜之介さんの心中は、会社に対する、抗議ということは、考えられませんか？」

亀井がいうと、さすがに、広報部長は、キッとした顔になって、

「全く考えられませんよ」

「どうしてですか？」

「尾上竜之介という男は、真面目《まじめ》な男でしてね。これからの、歌舞伎の世界を自分が背負っていくという気持ちが、ひじょうに、強かったんです。片山男女介とのことは、自分のわがままだから、何とかして、うまくできるようにしたいと、考えていたことは、間違いないんです。そんな男が、抗議のために心中なんかをするはずは、ありません」

と、広報部長が、いった。

2

十津川と亀井は、次に、早川和食の社長、早川稔《みのる》に会うことにした。

二人は、自宅のほうで、早川に会った。

「尾上竜之介さんと心中をした、社長の姪《めい》の山本由美さんについて、お聞きしたいことがあるんですよ」

十津川がいうと、早川は、

「分かってしまいましたか。しかし、由美のことなら、もう、すべてお話ししたと思いますがね」

「あらためて、もう一度、お話をお聞きしたいのですよ」

「どんなことですか？」

「山本由美さんは、岡山県の生まれで、今でもその岡山に、ご両親が、健在ですよね？　父親は、地元で有名な陶芸家ですね。そして、その妻の栄子さんは、あなたのお姉さんです」

「そうです」

「どうして、早川さんは、山本由美さんの後見人みたいになっていたんですか？」

「それには、いろいろと、訳があるんですがね。亡《な》くなった姫について、あまり話したくないのですよ」

と、早川が、いう。

「しかし、何とか話していただかないと、捜査が進展しないのです」

「警察としては、尾上竜之介と、姫の山本由美の、心中事件が実は殺人だと、考えているんですね？」

「その通りです。そう考えないと、その後で起きた、二つの殺人事件の説明が、つかないんですよ」

と、十津川が、いった。

早川が黙ってしまったので、十津川は、勝手に、自分の考えを話すことにした。

「山本由美さんは、地元岡山の高校を卒業したあと、京都の大学に進んでいるんですが、この大学生活が、妙に現実味がないんですよ。どうしてですかね？」

十津川がきくと、早川は、

「京都の大学は、女子大で全寮制だったんです。だから、私にしても、父親にしても、簡単には会いに行けない。それで、現実味がないと思われたんじゃありませんか」

「何だか、宝塚みたいな感じですね」

「実は、この大学は、京都の宝塚といわれることがあるんですよ」

「どうしてですか？ 女子大で全寮制だからですか？」

「それ以上に、芸能学校みたいなところがありましてね。演劇科があって、そこでは、宝塚と同じように、学生の中から、男役、女役が選ばれて、演劇を披露することになっています」

「少し、わかってきました。山本由美さんは、男役だったんじゃ、ありませんか？」

十津川が、きくと、早川は、急に立ち上がって、奥から三枚の写真を持ってきた。

それは、どう見ても、宝塚の男役の写真だった。

「山本由美さんですか？」

「そうです。彼女は、中学時代から、宝塚に憧《あこが》れていたんですが、両親が頭から反対でしてね。特に、由美が男役志望だったので、なおさら反対だったんです。それで、私が、あの大学を見つけてきて、彼女にすすめたんですよ」

「それで、由美さんは、宝塚に似た大学で、男役になった。実際に、公演もしたんですか？」

「しているし、男役として、かなり人気がありましたよ」

「しかし、その後、テレビ局のアナウンサーになっていますね」

「そうです。彼女が、テレビ局のアナウンサーになりたいと、いいだした時の、応募条件は、翌々年の大学卒業者でしたからね。もう遅かったんですよ。それで、私は、スポンサーの特権を利用して、中央テレビの新人アナウンサーに押し込んだんですよ」

「由美さんは、宝塚的な男役の世界にも、未練があったのではないですか？」

「ええ。この写真を見れば、わかると思いますがね。中学時代からの憧れだったんですから」

と、早川は、いうのである。

「もう一つ、伺いたいことがあるんですが、尾上竜之介さんのことです。早川さんは、後援会の会長もやられていたわけですから、それなら、尾上竜之介さんが、早川さんのお店だけでなく、自宅にも、遊びに来ることが、あったんじゃありませんか？」

と、亀井が、きいた。

「確かに、何回か遊びに来たことがありましたね」

「それは、竜之介さんが、ひとりで来たんですか？　それとも、何人かで？」

「一人でいらしたことは、あまり、ありませんでしたね。同じ若手と、一緒に来ることが、多かったですよ」

「中央テレビの、新人の女性アナウンサーになった姪の山本由美さんも、この家から、テレビ局に通っていたのでは、ありませんか？」

「その時期もありましたが、自分で、マンションを借りて、そこから、テレビ局に通っていましたね」

「それでも、ここか、あるいは、お店のほうで、二人が、顔を合わせるチャンスが、あったんじゃありませんか？」

「そうですね。たしかに、何回か、あったかもしれません」

「そのことがきっかけで、二人の間に、愛情が生まれて、それが、あの心中にまで、発展したんじゃありませんか？」

亀井が、きくと、早川は、小さくかぶりを振って、

「いや、違いますよ。そういうことは、ありません」

「どうしてですか？　尾上竜之介さんは、三十歳、山本由美さんは、二十五歳。恋愛関係になっても、不思議ではありません」

「しかしですね、警部さん。尾上竜之介さんは、次の歌舞伎界を、背負《しょ》って立つといわれているくらいの、将来性のある役者ですよ。山本由美も、ゴールデンアワーの番

組が決まっていた。たとえ、その二人が愛し合ったとしても、心中なんかするはずが、ないじゃありませんか？」

と、早川が、いった。

3

その日の捜査会議で、十津川は、今日会ってきた、S芸能の鈴木広報部長と、早川稔社長の言葉などを交えて、三上捜査本部長に、自分の新しい考えを、伝えた。

「会社としては、尾上竜之介と片山男女介の二人を、次の世代の歌舞伎のスターとして、同時に、売り出していこうと、考えていたようです。二人がさまざまな役柄に扮《ふん》して登場する写真アルバムが去年作られて、今年も売られているのです。会社としても、それだけの、期待をしていたんですね。尾上竜之介が亡くなったのに、このアルバムは、依然として、よく売れているようです。

ところが、去年の十二月の忠臣蔵で、尾上竜之介には勘平、片山男女介には、お軽をやらせるつもりだったのですが、直前になって、尾上竜之介のほうが、女形の片山男女介を抱いた時に、どうしても、男を感じてしまう。そういって、これでは、芝居に集中することができない。相手役を代えてくれと、要求したのです。会社のほうは、仕方なく、別の女形で、忠臣蔵を上演しました。広報部長によれば、尾上竜之介は、そのことで大変悩んでいたようです。会社から期待されているのに、ただ単に、抱いた時に、男を感じてしまうという、それだけの理由で、片山男女介を、拒否してしまった。つまり、自分の一言が、彼の活躍の場を、いわば、奪い去ってしまったのですからね。悩むのも、無理はないと思うのです。そんな時に、尾上竜之介は、以前会ったことのある、中央テレビの、女性アナウンサー、山本由美に再会したのです」

「そして、自責の念から、尾上竜之介は、山本由美を道連れにして、心中してしまった。そういうことになっていくわけかね？」

と、三上が、きいた。

「とにかく、尾上竜之介本人が書いた遺書がありますから、心中事件に間違いないだろうと、思っていたのです。しかし、今日、叔父の早川稔から、この山本由美という女性について、面白い話を聞いてきたんです」

十津川は、大学で男役をやっていた頃の写真を、三上本部長に、見せた。

「どうですか、この写真、面白いとは思いませんか？」

「どこが、面白いのかね？」

と、三上が、きく。

「尾上竜之介は、次の時代を背負って立つといわれた歌舞伎界のホープです。彼が抱いた時に、男を感じてしまうといった片山男女介は、歌舞伎の世界では、女形をやっています。一方、山本由美という女性は、アナウンサーになる前は、大学で、男性に扮して、舞台で活躍していたのです」

「たしかに、不思議な世界ではあるが、それが、今回の事件に、どう関係してくるのかね？」

三上には、まだ、十津川が、何をいおうとしているのか、分からないらしく、盛んに首をひねっている。

「尾上竜之介は、大変、悩んでいたと、思われます。何しろ、会社からは、期待されている。ファンからも、期待されている。それは、尾上竜之介の男役と、片山男女介の女形、この二人を、会社は、売り出そうとしていたし、ファンも期待していた。その期待に、男を感じてしまうというのは、応《こた》えられなかったからですよ。だからといって、抱いた時に、男を感じてしまうというのは、これは、役者としての感覚の問題ですから、どうしようもない。しかし、このままでは、次の、新しい歌舞伎を背負ってはいけない。何とかして、うまくやっていけないか、そう考えて悩んでいたと思うのですよ」

「だから、女性アナウンサーの山本由美と、無理心中したんじゃないのかね？」

「私は、ここに来て、別の面を、この心中事件に見るようになったのです。それを、これから説明します」

と、十津川は、いった。

「悩んでいる尾上竜之介の前に、現れたのが、山本由美です。彼女はもともと宝塚志望だったんですが、大学は演劇科でした。この写真で、女性なのに、男役の格好を、しているのが、大学時代の山本由美です」

「確かに、宝塚風だな」

「今、申し上げたように、尾上竜之介は、女形の片山男女介を抱いた時に、どうしても男を感じてしまう。それで、芝居を続けることができなくなった。それを、何とかして克服したいと、尾上竜之介は、思っていたに、違いないのです。くり返しますが、ちょうどその時に、山本由美に再会したのです。そのパネル写真のように、彼女は、大学で男役をやっていた女性ですよ。尾上竜之介は、男なのに女を演じている片山男女介を抱いた時に、男を感じてしまっていて、それならば、女なのに、男を演じていた山本由美を抱いたら、どうなるのだろうか？　ひょっとして、今までの苦しみが、解消されるかもしれない。そんなふうに、思ったのではないでしょうか。そして、山本由美を、自分のマンションに、誘いました」

「たしか、尾上竜之介と山本由美の二人は、パジャマ姿で、亡くなっていたんじゃなかったかね？ テーブルの上にあったのは、焼酎《しょうちゅう》で、それが、グラスに注がれていて、青酸カリが入っていた。だから、最初から、死ぬのを覚悟して、青酸カリ入りの、焼酎を飲んで、死んだと思われた。そして、テーブルの上には、尾上竜之介本人が書いた、遺書もあった。だから、われわれは、心中だと、断定したんじゃなかったのかね？」

「そうです」

「それなら、どんなふうに、それを変えて見せるのかね？」

三上が、きいた。

「問題は、二人が死ぬ時に、着ていたのが、パジャマだということです」

「パジャマが、どうかしたのか？」

「二人が、着ていたのは、男物のパジャマです。もし、山本由美が、男物のパジャマではなくて、ネグリジェのようなものを、着ていたら、これは間違いなく、心中だと、断定します。しかし、そうでは、ありませんでした。パジャマは、二着とも、尾上竜之介が、いつも着ているものだったと、聞いています。つまり、山本由美は、その時、男物のパジャマを着ていたんですよ」

「しかし、パジャマは、そうだったとしても、中身は、女だろう。それも、若い女性アナウンサーだ」

「歌舞伎の世界には、昔から、役者が、ある役の着物を着ると、途端に、その着物の役になってしまう。そういう約束事が、あるんです。例えば、お軽勘平の、勘平がいます。勘平が、普段の服装の上から殿様の塩冶《えんや》判官《はんがん》から拝領した衣服をつけると、途端に、家臣の勘平ではなくなって、塩冶判官になってしまうのです。もちろん、これは、舞台の上の約束事ですが、歌舞伎役者の尾上竜之介が見れば、男物の、パジャマを着た山本由美は、すでに、女ではなくて、男になっている。おそらく、そう見ていたのではないかと思うのです」

「それがどうして、心中は、実は、殺人だったということになるのかね？」

「歌舞伎では、男が女になります。片山男女介のようにです。しかし、片山男女介を抱いた時に男を感じてしまった尾上竜之介は、何とかして、その感覚を、克服したいと思い続けていたに、違いないのです。そんな時に、女ではあるけれども、男物のパジャマを、着た山本由美は、男になっている。歌舞伎と同じような、換り身の世界です。もし、今、パジャマ姿の彼女を抱くことができれば、歌舞伎の舞台でも、自分を、悩ませている問題の感覚を、超えられるかもしれない。尾上竜之介は、そう思ったのではないでしょうか。ですから、必死で、山本由美のことを、口説いたのではないでしょうか？　いってみれば、これは、『藤十郎の恋』の世界です」

「その名前なら知っている」

と、三上が、いった。

歌舞伎役者の、坂田藤十郎が、どうしても、人妻を口説く芝居ができない。悩んでいた藤十郎は、ある時、本当の人妻を口説いてしまう。人妻は、その結果、自ら命を絶ってしまうが、藤十郎は、芸のためであれば仕方がないと、考える。

それが、たしか、『藤十郎の恋』という小説のストーリーだった。

「たぶん、その時の、尾上竜之介の気持ちは、坂田藤十郎に、似ていたのではないかと思うのです。問題の遺書は、山本由美を口説くための、小道具だったのではないかと思うのですよ。もし、あなたに、拒否されたら、私は、この遺書を、残し、あなたも殺して死んでしまう。それほど本気で、あなたを愛しているんだ。そういって、竜之介は、口説いたのではないかと、思うのです。もちろん、芝居ですが、山本由美のほうは、それを、信じて、尾上竜之介のことを受け入れた。しかし、何者かが、焼酎の中に、青酸カリを仕込んでおいたので、二人は、本当に死んでしまったのです。そうなると、坂田藤十郎も、消えてしまった。残ったのは、遺書と心中という形だけ、というわけです」

4

「たしかに、面白い推理だが、それが、正しいという証拠は、あるのかね？」

三上が、意地悪く、いう。

「証拠はありません。しかし、今年になってから、二人の人間が死んでいます。いや、殺されています。もし、尾上竜之介と山本由美との心中が、本当の心中であって、あれこれ疑う余地が、ないものであるとすれば、二人の人間が、殺されるはずがないと、私は、思っているのです」

「一人は、週刊ジャパンの記者、坂井義之だが、これは、前々から竜之介と山本由美の心中を怪しいと思って、調べていたのだから、真犯人からすれば、殺す理由があったと、考えてもいいだろう。しかし、もう一人、築地《つきじ》のマンションで、射殺された中野慎太郎のほうは、どうなんだ？　中野慎太郎は、うまい女形だが、名門の家に生まれていなかったので、それほど、いい役にはついていなかった。そんな中野慎太郎のことを、いったい、誰が殺すのかね？」

「私は、中野慎太郎が、殺されていた、その時の、奇妙な服装に、注目したいのです。中野慎太郎は、殺された時、下に、矢絣《やがすり》の着物を着ていました。どう考えても、腰元の服装です。ところが、その上から、貧しい武士の着物を、着ていたのです。こちらは、何百石取りという武士ではなくて、最下層の、いちばん貧しい武士の服装ではなかったかと、思うのです」

「そういえば、君は、何かいっていたな？」

「歌舞伎の、約束事ですか？」

「ああ、そうだよ。君にいわせると、歌舞伎の世界では、役者が、着る着物によって、その人間も、違ってくる。たしか、そうだったね？」

「歌舞伎だけでは、ありません。日本の芸能というものは、大体似ています。能では、面をつけた途端に、その人間が変わってしまいます。いえ、変わってしまうだけではなくて、現世の人間が、面をかぶった途端に、あの世に、行ってしまうのです。あの世の亡霊になってしまうのですよ。ですから、殺された中野慎太郎は、腰元として殺されたのか、貧しい侍として、殺されたのか、そのどちらか分かれば、犯人の意図も、分かってくる。私は、そう思っています」

捜査会議を終えると、十津川は、問題を整理した。

週刊ジャパンの記者、坂井義之が殺された理由は、十津川にも、分かる気がする。去年の十二月二十六日に起きた、尾上竜之介と、中央テレビの女性アナウンサー、山本由美の心中事件に対して、週刊ジャパンは、初めから、疑問を投げかけていたし、坂井義之は、問題の、心中事件を調べるために播州赤穂《ばんしゅうあこう》や日生《ひなせ》にも、行っていたと思われるからである。

その点、中野慎太郎は、どうして殺されてしまったのか？　十津川の頭の中では、犯人は、坂井義之を殺した人間と、同一人物という想像があった。

しかし、動機が分からない。

中野慎太郎は、芝居のうまい歌舞伎役者ではあったが、名門の家系に生まれていなかったから、今までに、大きな役についたことはない。腰元の一人だったり、郭《くるわ》の中の花魁《おいらん》の一人だったりする。

ただ、三十五歳と、まだ若く、勉強家でもあったので、心中事件を起こした尾上竜之介の稽古に何度か付き合っていた。

だからといって、そのことが、殺された理由だとは、考えられなかった。中野慎太郎よりもずっと尾上竜之介と親しかった歌舞伎役者は、ほかに何人もいるし、播州赤穂の大石神社に、お参りしたのも、中野慎太郎一人ではない。

しかし、何か理由があって、犯人に、殺されたに違いないのである。

それも、拳銃《けんじゅう》で、二発撃たれて亡くなっているところを見ると、犯人は、確実に、中野慎太郎の息の根を、止めようとして、拳銃を使ったに違いない。

「中野慎太郎の殺害については、いくつか、手掛かりになるのではないかと、思われるものがあるんだ」

十津川は、亀井に向かって、いった。

「一つは、さっきもいったが、中野慎太郎が殺された時に、着ていた着物のことだ。中野慎太郎は、女物の矢絣の着物を着て、その上に、貧乏侍の着物を羽織っていた。もう一つは、捜査本部に送られてきた、四十七士の揃《そろ》い踏みの写真だ。その写真の中で、中野慎太郎は、岡野金右衛門《きんえもん》に、扮している」

「四十七士の扮装をした例の写真ですが、中野慎太郎が、自分から進んで、岡野金右衛門の役を望んだのか、それとも、偶然なのか、それが問題になるのではないかと、思いますが」

と、亀井が、いう。

「私も、そう思っている。だから、その点について、今、三田村刑事と、北条早苗《さなえ》刑事が、ほかの役者から話を聞きに行っている」

「それからもう一つ、この写真ですが、誰が捜査本部に、送ってきたのか、警部には、想像がつきますか？」

亀井が、きくと、十津川は、笑って、

「ああ、分かっているよ。もちろん、カメさんにだって、大体の想像は、ついているんだろう？」

「そうですね、一人だけ、考えている人間がいます。池袋警察署の小西敬一郎警部ではないかと、思っています」

「同感だ。匿名《とくめい》で送ることによって、より我々の関心を、ひこうとしたんだろう。今も小西警部は、事件を、追いかけて、関係者に、会っているんじゃないのかな？」

と、十津川が、いった。

5

三田村と北条早苗の二人が、捜査本部に、帰ってきた。

まず、三田村刑事が、報告する。

「例の写真に写っていた、歌舞伎役者の中の五人に会って、話を、聞いてきました。二カ月にわたる、忠臣蔵の稽古の最中に、誰からいい出したことか、はっきりは、していないが、四十七士の、討ち入りの扮装をして、みんなで記念写真を、撮ろうじゃないかということになったんだそうです。今までも、忠臣蔵をやる時には、全員が討ち入りの服装をすることがあったんですが、それは、たいていの場合、忠臣蔵という、芝居の中の装束でしたが、今回に限っては、それぞれが選んだ、本当の、四十七士の名前の討ち入り装束を着て写真を、撮ろうじゃないかということになって、それで早川和食の早川稔が全員分の装束を用意し、いよいよ明日から本番が始まるという時に、あの写真が、撮られたのだそうです」

「それで、岡野金右衛門になった、中野慎太郎だが」

十津川が、いうと、今度は、北条早苗が、

「これは、中野慎太郎本人が、ぜひ、岡野金右衛門に扮して、討ち入り装束姿の、写真を撮りたい。そういっていたそうです。岡野金右衛門を希望する役者は、ほかにもう一人いたんだそうですが、中野慎太郎が、あまりにも、強く希望するので、その役者は、ほかの役でもいいといっておりて、結局、中野慎太郎が、岡野金右衛門になったのだそうです。なぜ、中野慎太郎が、そんなに強く、岡野金右衛門に、執着したのか、不思議で、仕方がないという者もいたらしいです」

「岡野金右衛門を希望した、中野慎太郎は、『岡野金右衛門恋の絵図面取り』というエピソードを、知っていたんだろうか？」

「それは、知っていたようです」

と、北条早苗が、答える。

「忠臣蔵というのは、歌舞伎の中でもいちばん有名な芝居ですし、忠臣蔵の、ストーリー自体は、歌舞伎役者なら、誰もが、知っていた筈《はず》です。勉強家の中野慎太郎だったら『岡野金右衛門恋の絵図面取り』という話は、当然、知っていたと、思われます」

「もう一度確認したいのだが、この写真を、撮ったのは、忠臣蔵初日の前日であることに、間違いないんだね？」

「間違いありません」

と、北条早苗が、答える。

「私からも、確認したいことがある。一つ、気になることが、あるんだ」

と、亀井が、いった。

「去年の暮れの忠臣蔵では、勘平役の尾上竜之介に対して、お軽の役は、片山男女介ということで、会社は、このコンビを、大いに、売り出そうとしていた。ところが、いざ、始まってみると、片山男女介は病気で休み、ほかの女形が、お軽を演じた。そのことについて、役者たちは、どう思っているのか、それが、知りたいんだが」

「それなら、私と、三田村刑事で、何人かの役者に、話を聞いてみました」

と、北条早苗が、いう。

「それを、ぜひ聞かせて、もらいたいね」

「去年十二月の、忠臣蔵の初日になって、初めて、お軽役の、片山男女介が病気で、舞台を休むことが発表されて、みんな、ビックリしたと、いっていましたね。ただ、中野慎太郎一人だけは、不思議なことに、ビックリしていなかったと、いっていました」

「それは、中野慎太郎自身が、仲間の役者に、自分は、驚かないとか、前から、知っていたとか、いったのかね？」

十津川が、二人に、きいた。

「十二月の舞台に、入ってからだそうです。十二月の十日頃、若手の役者だけで、舞台が終わった後、近くの喫茶店に行って、お茶を、飲んだ時に、中野慎太郎が、いったんだそうですよ。『みんな、尾上竜之介の相手役が、片山男女介ではなくて、ほかの女形になったことに、ビックリしているらしいが、俺には、前から分かっていた』と、いったというのです。その言葉を聞いて、そこにいた全員が驚いてしまったそうです。会社のほうは、片山男女介が、病気で出られなくなったので、代役が出ることになった。そういうふうに、発表していましたからね。それで、一人が、中野慎太郎に、聞いたそうです。『片山男女介が舞台を休んでいるのは、病気だと聞いたが、そうじゃないのか？』と。中野慎太郎は、なぜか、ニヤッと笑っていたというのです。今でも、その笑い方が気になっていると、その役者は、いっていました」

「ニヤッと笑って、中野慎太郎は、どうしたんだ？」

「それだけです。笑っただけで、何もいわなかったらしいです。聞いたほうは、ひょっとすると、中野慎太郎は、お軽役の片山男女介が、忠臣蔵の舞台を休んだ、その本当の理由を、知っているんじゃないかと、思ったそうです。ただ、会社の発表では、病気で代役を、立てることになっているので、それ以上の質問はしなかったと、いっています」

「ほかにも、聞いてきてもらいたいことが、いくつかあったんだが」

十津川が、いうと、三田村と北条早苗の二人は、ニッコリして、

「警部が、知りたいと思うことは、全部聞いてきましたよ」

と、三田村が、いう。

「私の知りたいことが、君たちに分かるのか？」

「一緒に同じ事件を、捜査しているんですから、大体、分かりますよ」

「それじゃあ、教えてくれ」

「六人の若手の歌舞伎役者に、聞いてみました。去年の十二月二十六日に、尾上竜之介が、中央テレビの、女性アナウンサーと、心中してしまった。それについては、いろいろと、ウワサがあるようだが、現在の時点での皆さんの、意見を聞きたいと、いってみました」

三田村が、いった。

「そうだよ。私が聞きたいと、思っていることの一つが、そのことだよ。それで、相手の反応は、どうだった？」

「六人のうちの五人は、会社の説明を信じているようです。しかし、一人だけが、報道されていることと、逆ではないか、といっていました」

「逆？　その一人は、どこが、逆だといっているんだ？」

「彼は、こんなことをいっていました。尾上竜之介が、心中した相手の女性は、彼の好みだと、いうんですよ。彼女は、美人であり、どちらかというと、男顔だと、いうんです。尾上竜之介は、そういうキリッとした顔立ちが、好きだったと、いっていました。つまり、山本由美が、尾上竜之介に惚《ほ》れたのではなく、尾上竜之介が山本由美に惚れたのではないか、と。でも、それでも、心中までするとは、思えないといっていましたが」

「逆、か」

十津川が、うなずく。

「もう一つ、警部が、知りたかったのは、中野慎太郎は、どうして、殺されたのか？　そのことを、同じ仲間の、歌舞伎役者たちは、どう思っているのか？　そういうことじゃ、ありませんか？」

「その通りだ」

「そう思って、そのことも同じ六人の若手歌舞伎役者に聞いてみました」

と、北条早苗が、いった。

「たしかに、中野慎太郎が、殺されたことを、同じ仲間の、若手の歌舞伎役者がどう見ているのか、ぜひとも知りたいね」

北条早苗と三田村は、またニッコリした。

「それで、どんな、答えだったんだ？」

「六人のうち三人は、なぜ、中野慎太郎が、殺されたのかが、分からないので、何ともいえないといっていましたね。それから一人は、ひょっとすると、中野慎太郎は、バクチか何かに手を出していて、大きな借金を、作ってしまった。それが返せなくなったので、殺されてしまったのではないかと、いっていましたね。残りの二人は、証拠はないが、と前置きしながらも、尾上竜之介の、心中事件と、どこかで繋《つな》がっているに違いないと、いっていましたね」

と、三田村が、いった。

「そうか、六人のうち二人は、尾上竜之介の心中事件と、中野慎太郎が殺されたことは、どこかで繋がっているのではないかと、思っているわけだな？」

6

「どうだ、カメさん、もう一度、岡山に、行ってみないか？」

十津川が、亀井を誘った。

「山本由美の両親に会うわけですか？」

「ああ、どうしても、彼女の両親に、聞きたいことが、出てきたんでね」

と、十津川が、いった。

十津川と亀井は、翌日の朝早く、新幹線で岡山まで行き、岡山からは、赤穂線に乗り換えて、伊部《いんべ》に向かった。

二人はまっすぐ、ここで備前焼の窯元《かまもと》をやっている山本由美の父親と母親に会った。

山本空斎《くうさい》と栄子の夫妻は、今日もまた、先日と同じように、明らかに、困ったような表情で、十津川たちを、迎えた。

「東京で、こちらの親戚《しんせき》の早川稔さんに会ってきましたよ」

と、十津川が、いった。

「そうですか」

と、母親の栄子は、小さく、うなずいたが、父親の空斎は、ただ黙っているだけだった。

「早川さんの話によると、亡くなった由美さんは、地元の高校を、卒業した後、京都の大学に入ったが、そこでは、宝塚みたいな、演劇をやっていたと」

「はい、主人も私も、びっくりしました」

母親が、答えるが、相変わらず、父親のほうは黙っている。

「どういう大学なのか、知らなかったんですか？」

「ですから、すっかり騙《だま》されたんですよ。あの子は、私たちに対して、普通の大学で、ただクラブ活動で、芝居をやっているといったんです。お正月に帰ってくると、京都の話しかしませんでしたし、時々、京都のお菓子を送ってくれたり、していましたから、私も主人も、てっきり、娘の由美は、京都の普通の大学に通っているものとばかり、思っていたんです」

「ご両親が、大学の演劇科に入っていることを、知ったのは、いつ頃ですか？」

「由美が、東京にある、中央テレビのアナウンサーになりたいと、いい出しましてね。早川と一緒に、こちらに挨拶《あいさつ》しに来た時ですよ。その時に、実は、といって、早川が、本当のことを、初めて話してくれたんです」

「由美さんが、宝塚のように、男装した写真は、見ましたか？」

「ええ。主人が怒って破ろうとするので、私が、あわてて、止めました」

「由美さんには、昔から、男装の趣味みたいなものが、あったんですか？」

「中学、高校で、文化祭なんかがあると、なぜか、男装の役が廻ってきていましたね。宝塚に本気で、行きたかったようです。主人が大反対で、宝塚には、行けませんでしたが」

「もう一つお聞きしたいのですが、これはお辛《つら》いことでしょうが、由美さんは、歌舞伎役者の尾上竜之介さんと、心中事件を起こしました。竜之介さんと、何度か会っていたことは、ご存じだったんですか？」

十津川が、きいた。

「それも、由美本人から聞いたのではなくて、早川から聞いたんです。何でも、早川は歌舞伎が好きで、尾上竜之介さんの後援会の会長を、やっていた。それで、早川の家に、彼が時々、遊びに来ることがあった。そんな時に、家に由美がいれば、二人は、楽しそうに話すこともあった。しかし、二人が、恋人だということは、絶対にない。早川は、そういっております」

と、栄子が、いう。

父親の空斎のほうは、相変わらず、黙ったままで、宙をにらむようにしている。

だが、十津川と、栄子との会話には、しっかりと、聞き耳を立てているような感じだった。

「由美さんが、東京の中央テレビのアナウンサーになってからですが、こちらに時々、帰ってきたりすることは、あったんですか？」

亀井が、きいた。

「由美が、早川と一緒に、中央テレビのアナウンサー試験に受かったと、報告に来たあと、亡くなるまでの間に、三回か四回くらいは、こちらに、帰ってきていました」

「由美さんがアナウンサーになった年、尾上竜之介さんのインタビューをした。その時が、二人が知り合った最初だということですが、この番組は、ご覧になりましたか？」

「はい。由美が知らせてきたので、見ています」

「こちらは、もともと、歌舞伎の世界とは、親しいわけではなかったんですね？」

「はい。早川は、芸能界とのつき合いが、好きでしたけど」

「由美さんが、尾上竜之介さんたちを連れて、こちらに、来た時、お父さんの山本空斎さんは、尾上竜之介さんたちに、備前焼の茶碗《ちゃわん》を作って贈りましたね？」

十津川が、きくと、空斎が、初めて、眼を向けて、

「あんなことになるなら、茶碗なんか作るんじゃなかった」

と、吐き捨てるように、いった。

「その時の由美さんと、尾上竜之介さんの感じは、どんな具合だったんですか？」

「何でもなかったんだよ」

相変わらず、吐き捨てるようないい方を、父親の空斎はする。

十津川が、母親の栄子に眼を向けると、

「私にも、二人が、あんなことになるようには、とても見えませんでした」

「だから、あの男が、由美を力ずくで――」

「お父さん。そんなことをいうもんじゃありませんよ」

と、栄子が、あわてて、空斎をたしなめた。

「由美さんが、尾上竜之介さんと心中したのは、去年の十二月二十六日です。由美さんは、暮れから正月にかけて、家に帰ってくる予定は、なかったのですか？」

と、十津川が、きいた。

「電話で、正月には、三日間休みがとれたので、帰りますといってました」

「正月の三日間、こちらに帰ってくると、いっていたんですね？」

「ええ」

「正月に、尾上竜之介さんを、連れてくるようなことを、いっていませんでしたか？」

「いいえ。歌舞伎の方は、お正月から舞台があるんじゃありませんか」

「それは、由美さんが、いっていたんですか？」

「由美は、尾上竜之介さん個人に、興味を持っているというより、歌舞伎に、興味を持っているようでした」

「どうしてですか？」

「多分、男が、女を演じるからじゃありませんか」

「それは、由美さんの憧れだった宝塚とは、逆だからですかね？」

「その辺のことは、私には、わかりません」

山本由美は、宝塚に似た京都の女子大の演劇科に入った。

その後、東京の中央テレビのアナウンサーになったが、宝塚への憧れは、持ち続けていたように思える。その面から、歌舞伎に興味を持ち、それが、尾上竜之介に近づくことになったのか。

しかし、父親も母親も、二人がそれほど親しくは、見えなかったという。

とすると、去年十二月二十六日の心中は、やはり、芝居が発端だったのだろうか？

今回の事件では、男が女になる歌舞伎の世界と、女が男になる擬似宝塚の世界が、微妙に、入りまじっている。

十津川たちは、少しずつではあるが、パズルが解けていく感じがしていた。

しかし、何分にも、全《すべ》てが十津川の想像で、証拠は、何一つないのである。

十津川たちは、東京に帰ることにして、翌日、岡山から、東京行の「ひかり」に乗った。

「十津川さん」

走り出して五、六分した時、不意に、背後から、声をかけられた。

振り向くと、そこに、立っていたのは、池袋警察署の小西警部だった。

十津川は、小西とも話し合う必要を感じていたので、座席を向い合わせにして、話を始めた。

「捜査本部に送られてきた、四十七士の討ち入り装束の集合写真ですが、あれは、小西さん、あなたが、送ってくれたものでしょう？　違いますか？」

と、十津川が、きくと、小西は、ニッコリして、

「届きましたか？　多少でも、捜査の役に立てばいいんですが」

「おかげさまで、大変、役に立ちました」

十津川は、正直な気持ちを、口にした。

そのあとで、

「今、小西さんは、誰に狙《ねら》いをつけているんですか？」

「前田勲《いさお》という男です」

「前田勲？」

そんな名前の男が、いただろうか？

「週刊真実の編集部の名刺を持って、山本由美の両親に会った男です」

と、小西が、いう。

その言葉で、十津川は思い出した。どこかで、殺された坂井義之と、混同していたのだ。

「前田勲という人間は、週刊真実には、いないそうです」

小西が、いう。何だか、十津川のうかつさを、指摘されているような気がする。

「この男は、事件の直後から、事件の周辺を、ちょろちょろ動いている感じがするんです」

小西は、そういって、折りたたんだ一枚の似顔絵を、十津川たちに、見せてくれた。

「これが、前田勲の似顔絵です」

「三十代の男に見えますね」

「私も、そう思っているのですが――」

と、小西が、語尾を濁した。

「確か、山本由美の両親に会った時、前田勲の名前を聞いたんです。名刺も見せられた。母親は、いろいろと話をしたのに、週刊真実には、一行も載らなかったと、文句を、いっていましたね。ニセモノなら、載らないのが、当然でした。そのことに、気がつかなかった」

十津川の表情が、自然に、険しくなってくる。そのあと、前田勲の名前を、忘れてしまっていたからである。

「小西さんは、この前田勲という男を、ずっと追いかけられたんですか?」

十津川が、きく。小西は、笑って、

「わたし一人では、追いかけるのも大変でした。組織の力というやつを、つくづく感じましたね。それに、前田勲は名刺を、一回しか使っていないのです。慎重な性格ですよ」

「小西さんが、前田勲という男の足跡を追ってから、今日までのことを、くわしく聞きたいですね」

と、十津川は、いった。

第七章 様々な愛

1

急遽《きゅうきょ》、捜査会議が開かれた。

まず、十津川が、現在の状況を、三上捜査本部長に説明した。

「現在、問題になっているのは、前田勲《いさお》という男です。去年の十二月二十六日に尾上竜之介と、アナウンサーの山本由美が心中事件を起こした後、この前田勲という男が、今年になってから、山本由美の岡山の実家に現れて、由美の両親に、週刊真実編集部の名刺を渡し、同情的な話をしたので、母親は『悪いのは、自分の娘だけではない。尾上竜之介さんのほうにも、責任があるのではないか？ それなのに、竜之介さんの両親からは、今日に至るまで、何の連絡もない』。そんな不満を漏らしたんだそうです」

「しかし、その談話は、週刊真実には全く、載らなかったんだろう？」

「ええ、そうです。そもそも、前田勲という男は、本当は週刊真実の人間ではなかったわけですから、載らなかったのも当然です」

「君は、前田勲という男が、殺人事件の犯人だと、思っているのか？」

「今回の事件について、捜査した限りでは、前田勲と名乗る男だけが、身元がはっきりしないのです。ですから、もし、今回の事件で殺人事件の犯人が誰かと考えると、この前田勲の、可能性は高い。私は、そのように考えています」

「今回の殺人事件というと、週刊ジャパンの記者、坂井義之と、歌舞伎《かぶき》の女形《おやま》、中野慎太郎、この二人を殺した犯人というわけかね？」

「それに、去年の十二月の二十六日に、亡《な》くなった二人、尾上竜之介と、女性アナウンサーの山本由美です」

「しかし、現在のところあとの二人は、殺されたのではなくて、心中したということになって、いるだろう？」

「そうです。尾上竜之介が書いた遺書も、あるので、二人は、心中したと、思われています。しかし、捜査を進めていくにつれて、この二人も、心中に見せかけて、殺されたのではないかと、考えざるを得ないと、思っています」

「そうすると、犯人は、四人もの人間を殺した犯人ということになるが、前田勲という男が、どうして、四人もの人間を、殺したのかね？　動機がどんなものなのか、分かっているのかね？」

三上がきく。

「動機については、まだ分かりません」

「しかし、ほかに、何か、分かっていることがあるのかね？　そもそも、前田勲という名前も本名なのか偽名なのかも分からないんだろう？」

「それも不明です」

「顔や年齢、身長や体重などは、分かっているのか？」

「この男に会って、話をした、山本由美の両親に、聞いて、小西敬一郎警部が作った、似顔絵があります」

十津川は、その似顔絵を、三上本部長に渡してから、

「身長は、百七十五、六センチ、年齢は三十代、やや、痩《や》せ形です」

「これといった、特徴のない顔だね。体形だって、今の日本人男性の平均だろう？　これ以外には、何か、分かっているのか？」

三上がきく。

「今のところ何も分かっておりません」

「それだけじゃあ、ほとんど、何も分からないのと同じじゃないか？」

「たしかにそうです。ただ、この前田という男を、絞り込めるものが、いくつかあります」

十津川が、いった。

「例えば、どういうことだ？」

「尾上竜之介と山本由美の心中事件ですが、私は、心中事件ではなく、殺人事件だと思っていますから、二人で飲んだ焼酎《しょうちゅう》の中に、青酸カリを入れたのは、もちろん、死んだ二人では、ありません。犯人です。前田勲という男が、犯人だとすれば、尾上竜之介か、山本由美のどちらかと親しくて、青酸カリ入りの焼酎を、贈っても怪しまれない。そういう立場にいる男だと、思うのです。ですから、その点を、徹底的に調べていけば、前田勲に、たどり着けるのではないかと、期待しています」

「君は、そういう眼で、この事件を、見ているのか？」

「次に、歌舞伎の女形、中野慎太郎が、マンションの部屋で、死体になって、発見された事件です。前夜に、何者かによって射殺されていたのです。この時、中野慎太郎は、面白いことに、矢絣《やがすり》の女物の着物を着て、その上から、貧乏侍の着物を羽織っているという、奇妙な姿で発見されたのです。被害者の中野慎太郎は、犯人に会う前からそんな格好をしていたのではないと、思うのです。中野慎太郎は、女形ですから、最初は、矢絣の腰元の格好をしていたのではないかと、推測します。その時に犯人が訪ねてきたのです。そして、中野慎太郎は、その時に、矢絣の上に、貧乏侍の着物を羽織ったと、私は考えています。歌舞伎での約束事を考えた上で犯人の前で、侍の着物を、羽織ったのです。そうすることによって、自分の意思が、犯人に伝わると信じて、中野慎太郎は、自らの意思で、そんな奇妙な格好をしたのではないかと、私は、思っています」

「君はいつだったか、私に、歌舞伎の約束事として、役者が着る着物によって、演じている人間が変わることになるという話をしたな？　勘平《かんぺい》を演じていた役者が、殿様の格好をしたとたんに、その役者は家臣の勘平から殿様の塩冶《えんや》判官《はんがん》になる。たしか、そんな話をしていたね？」

「ええ、お話ししました。この時、犯人は、中野慎太郎が、侍の格好をすることで何を示そうとしたのかが、分かったのではないかと、思うのです。分かったからこそ、殺してしまったのだと」

「そうなると、犯人の、前田勲は、昔、歌舞伎の世界に、身を置いていたということになるのかね？」

「そうかもしれませんし、あるいは、歌舞伎のことを、取材して、記事にしたことがあるのかもしれません。歌舞伎専門の雑誌社に、いたのかもしれません」

「たしかに、君のいう通り、犯人を絞っていけることは、たしかだが、本当に、犯人に到達できるのかね？」

「そのつもりで、現在、その作業を、懸命にやっております」

と、十津川が、いった。

2

十津川は、前田勲という男を、あらゆる角度から追いつめることにした。最初に調べたのは、前田勲が、元歌舞伎役者だったのではないかという線だった。

もし、今も、前田勲が歌舞伎に、関係しているとすれば、当然、尾上竜之介や中野慎太郎と、接点があっただろうし、親しかった可能性もある。そうなれば、尾上竜之介を、心中に見せかけて、毒殺することも可能だろうし、中野慎太郎を、マンションに訪ねていき、撃ち殺すことも、できただろう。

しかし、いくらその線で調べても、以前、歌舞伎の世界に在籍し、現在、そこから、離れている人間の中に、前田勲と思われる人間は、発見できないのだ。

次は、マスコミ関係である。歌舞伎の専門雑誌と一般の雑誌で、歌舞伎を、扱っているものがある。

まず、歌舞伎の、専門誌である。数は多くない。

十津川は、現在、専門誌で、働いている記者・編集者を調べていき、次には、以前は専門誌にいて、現在は辞めている人間を、調べていった。しかし、前田勲と思われる男は、見つからなかった。

次は、一般誌である。

最近の日本ブームというのか、古典ブームというのか、それを受けて、多くの一般誌が、歌舞伎や能や文楽を扱っていた。

十津川は、刑事を、総動員して、一度でも歌舞伎特集を、やったことのある一般誌を、片っ端から調べていった。

その中に、前田勲と思われる編集者やライターがいるかどうかを、調べていった。

これは、思った以上に、時間のかかる作業だった。ただ単に、ある時、歌舞伎を、扱ったというだけでは、今回の事件に、結びついていかない。その時、編集者の中に、前田勲と思われる男がいて、その男が、尾上竜之介や中野慎太郎と、親しく付き合っていた。そうなれば、今回の事件に、関係があると考えられるからである。

とにかく、時間のかかる仕事だった。

その理由の一つは、前田勲という名前が、本名かどうか、分からない点にあった。

もし、本名だと分かっていれば、雑誌の編集長に会って、そちらに、前田勲という編集者が、現在、在籍しているか、あるいは、過去にいたことがないかを問い合わせれば、それで、簡単にカタがつくからである。

しかし、前田勲が犯人だったら、本名の可能性は、極めて低くなる。十中八九、偽名を使っているだろう。年齢三十代、身長百七十五、六センチ、痩せ形。それに、あまり特徴のない、似顔絵に似たような男は、一般雑誌の、編集者や記者の中にたくさんいた。そのことも、この捜査が、時間のかかる原因になっていた。

結局、一週間かかって、全《すべ》ての一般誌を、調べ終わった。

しかし、前田勲と思われる人間は、いぜんとして見つからなかった。

残るのは、テレビ、ラジオである。こちらは、東京周辺のテレビ局、あるいは、ラジオ局に限定できなかった。歌舞伎は、全国的なものだから、当然、名古屋や大阪などのテレビ局やラジオ局も捜査の、対象になる。

これも、雑誌同様、時間がかかった。

しかし、テレビ、ラジオの関係者の中にも、前田勲と思われる男を、発見することはできなかった。

3

捜査本部の刑事たちの間にも、疲れが出て、次第に、元気がなくなっていく者が出て来た。

「調べ残したところが、ほかにもまだあるだろうか？」

十津川が、いうと、北条早苗刑事が、

「今は、たった一人でもテレビ番組を作れるんじゃありませんか？」

と、いった。

「私の親戚《しんせき》に、九州で、マンションの一室を使って、夫婦で、小さなテレビ番組制作会社を開設している人間が、います」

「そうかもしれないが、そうした小さな番組制作会社を、歌舞伎のような、大きな組織が相手にするだろうか？」

「その親戚の夫婦ですが、自分たちで、旅行番組を制作して、それを、大きなテレビ局に、売っているのです。ですから、旅行番組を撮る時には、大きな、テレビ局の名前を、使っていますから、撮られるほうも有名なテレビ局が取材に来たと思って対応するそうです」

たしかに、北条刑事がいうようなケースも、十分あり得るだろうと、十津川は思ったが、

「しかしだね、カメラを担《かつ》いで取材に行くのは、あくまでも、小さな、一人か二人でやっている制作会社ということに、なるわけだろう？　大きなテレビ局の名前を使っても、尾上竜之介のような、有名な歌舞伎役者が、親しく、対応するだろうか？　例えばだが、小さな制作会社の人間が、青酸カリ入りの焼酎を、持っていったら、はたして、尾上竜之介は、安心して、飲むだろうか？」

と、首を傾《かし》げた。

4

「警部、例えば、こういうケースは、考えられませんか?」

と、亀井刑事が、いった。

「尾上竜之介は、たしかに、歌舞伎の名門の出ですし、人気のある、歌舞伎役者でした。しかし、江戸時代と、違って、尾上竜之介も、今は普通に高校、大学と出ているはずです。尾上竜之介が、卒業した大学で、友人だった人間が、現在、自分で、小さな制作会社をやっていて、歌舞伎の取材にやって来れば、大学時代の友人ですから、喜んで、取材に応じるのではありませんか?」

「たしかに、あるかも、しれないな。よし、そのケースを、調べてみよう」

と、十津川も、うなずいた。

尾上竜之介が卒業したのは、Y大学で、そこのギリシャ哲学科を出ている。このギリシャ哲学科は、その時、クラスに学生が三人しかいなかった。

そこで、尾上竜之介が勉強したのは、ギリシャ哲学というよりも、ギリシャ演劇のほうだったという。

ギリシャ哲学科にいた同級生は、尾上竜之介のほかに、前島要《かなめ》、それから、女性の佐々木香里《かおり》、この二人である。

十津川は、この前島要という男に、狙《ねら》いをつけた。

前島要は東京の生まれである。現住所は、調布《ちょうふ》市のマンションになっているので、十津川はすぐ、亀井と、パトカーを飛ばした。

十二階建てのマンションで、前島要の部屋は、その、最上階にあった。

しかし、すでに、引っ越してしまっていた後だった。

管理人の話によると、

「前島さんなら、今年になって慌《あわ》てた感じで、引っ越していかれましたよ」

と、いう。

「それは、いつ頃ですか？」

と、十津川が、きいた。

「正確な日にちは、覚えていませんが、たしか、二月の末だったと、思いますけど」

「部屋を見せてもらいたいのですが」

十津川が、いい、管理人が、十二階の角部屋のドアを、開けてくれた。

２ＬＤＫの部屋だが、そこには、さまざまな放送機器が残っていた。

「こうした機械は、後で取りに来ると、いっていましたか？」

亀井が、きくと、管理人は、

「急いで引っ越されて、後から、電話がありましてね。部屋にあるものは全部売り払うつもりだ、業者に処分を頼んでいるところだ。そうおっしゃっていましたから、もう、取りに来るつもりはないと、思いますよ」

「前島さんは、個人で、テレビ番組の制作会社をやっていたんですか？」

「そうみたいですね。いつだったか、中央テレビで、日本の古典芸能といった番組が放送されたんですが、あれは、中央テレビから依頼されて、前島さんが作ったものだったらしいですよ」

「なるほど」

「番組の最後に、前島さんの名前が、出ましたね」

管理人が、いう。

「前島さんは、たしか三十歳ぐらいのはずですが、独身でしたか？」

「ここには、一年半くらい住んでいらっしゃいましたが、いつも一人でしたね。少なくとも、結婚は、していませんでしたし、親しくしている女性もいなかったみたいですね」

「前島さんに家族は、いないんですかね？ 両親とか、兄弟とか」

「いないみたいですね。いつだったか、前島さんから、俺は天涯孤独だから、気ままで、いいんだといわれたことがありましたよ」

家族がいないとすると、前島について話を聞ける人間はあと一人しか考えられなかった。同じY大の、ギリシャ哲学科にいたという女性である。

佐々木香里は、現在、東京都庁に、勤めていると聞いて、十津川と亀井は、会いに出かけた。佐々木香里は、東京都庁で、現在、厚生係長になっていた。

二人は、都庁の応接室で、佐々木香里に会った。

十津川が、前島要のことで、話を聞きたいというと、佐々木香里は、笑って、

「前島君のことを、調べるのは大変でしょう？ 彼のことを、知っている人があまりいないから」

「そうなんですよ。それで、あなたに、話を聞きに来たんです。たしか、Y大のギリシャ哲学科の同じクラスには、歌舞伎役者で、亡くなった尾上竜之介さんを含めて、あなたと前島さんと、三人しか、学生がいなかったみたいですね？」

「ええ、何しろ、たった三人だけだから、いやでも気が合いましたよ」

と、香里が、いう。

「前島さんというのは、どういう人なんですか？」

「どちらかといえば変わり者でしたけど、お金は、持っていましたよ。何でも、火事で亡くなったご両親が、かなりの財産を、遺《のこ》しておいてくれたので、大学を卒業した後も、働かなくても済むって、そんなことを、いっていましたから」

「前島さんは、どんな趣味を、持っていたんですか？」

「日本の古い芸能が、好きでしたよ。特に、歌舞伎が、お気に入りでした」

「それじゃあ、前島さんにとって、Y大での生活は、楽しかったんじゃ、ありませんか？　何しろ、歌舞伎役者の、尾上竜之介さんが、同級生なんだから」

「ええ、楽しかったと、思いますよ。でも、ちょっとね」

香里は、妙ないい方をした。

「ちょっとねというのは、どういう意味ですか？」

「前島君は、尾上竜之介君のことを、何というか、ある意味で、好きだったんじゃないかしら？」

「それは、男として、好きだったということですか？」

「ええ、前島君は、尾上竜之介君のことを、好きというか、愛していたんじゃないかしら？」

香里が、いった。

「尾上竜之介さんのほうは、どうだったんでしょうか？」

「あの人は、いつも、人生を演じているようなところがあったから、前島君の気持を知っても、別に、悪い気はしなかったんじゃないかしら？　尾上竜之介君は、いつも役者で、普通の人とは感覚がちょっと違っていましたから」

「前島さんが、今、どこにいるか、分かりますか？」

十津川が、きいた。

「東京の調布じゃないんですか？　そこのマンションに、住んでいると、聞いていましたけど」

「それが、今年の二月の末に、引っ越してしまっていて、今、どこにいるか分からないのですよ。前島さんに、聞きたいことがあって、探しているのですが、行き先が全く分からなくて困っているんです」

「前島君、警察のお世話にならなくてはならないようなことを、やったんですか？」

香里がきく。

「そういうことではありません。ただ、ちょっと、お話をお聞きしたいだけなんですけどね」

「調布のマンションで、前島さんは一人で、小さなテレビ番組の制作会社を開いていたようなのですが、そのことはご存じでしたか?」

「そうですか」

「そんな話を、聞いたことがありますよ。ああ、やっぱり、前島君って、お金持ちなんだと思いましたもの。一人で番組制作会社をやるなんて、道楽みたいなものでしょう? それができるんだから、かなりの遺産が、あったに違いないと思いますけど」

「前島さんのマンションに、行かれたことが、ありますか?」

「ええ、二回ほど行きましたよ」

「卒業後の、前島さんと、尾上竜之介さんとの関係は、どうだったんでしょうか? 学生時代、男として、前島さんが、尾上竜之介さんに惚《ほ》れていたというような話を、あなたはされましたが、卒業してからも、それは、同じだったんでしょうか?」

「そこまでは、分かりませんけど、大学時代のことを考えると、前島君は、尾上竜之介君のことを、ずっと好きだったんじゃないかしら? そんな気がします」

「ということは、卒業後も、二人は、よく会っていたということに、なりますか?」

「あの二人が、どういう、付き合い方をしていたのか、具体的には、知りませんけど、付き合いがあったのは、間違いないと思います。前島君のマンションに行った時、尾上竜之介君のパネルが、部屋に何枚も、飾ってありましたから」

香里が、いった。

「尾上竜之介さんが、女性アナウンサーと、心中事件を起こしたことは、もちろん、ご存じですよね？」

「ええ、もちろん知っています」

「それを聞いて、あなたは、どう思いましたか？　四年間、彼とは学校で一緒だったんでしょう？」

「正直いって、ちょっと、おかしいと思いましたよ。私の知っている尾上竜之介君は、そんなことを、するような人じゃありませんでしたから」

「あなたは、尾上竜之介という人は、普通の人ではなくて、いつも、人生を演じている人だといわれましたね？　ということは、真剣に、女性と、心中するような人ではない。むしろ、心中を、演じるような人だと、そういうことですか？」

十津川が、きいた。

「そうですね。あの事件のことを知った時に、そんなふうに、考えたんです。少しおかしいって。これが、芝居ならば、むしろ信じたのかも、しれませんけどね」

「心中が、芝居だったのなら、尾上竜之介さんらしいというわけですね？」

「そうです。でも、人間って、本当の心の底は、分かりませんものね。その辺は、何ともいえません」

十津川は、前島要から連絡があったら、すぐに知らせてくれるように頼んで、佐々木香里と別れた。

5

捜査本部に戻ると、北条早苗刑事が、十津川の帰りを、待っていたように、

「新しいことが分かりました」

と、いった。

「前島要の行方が、分かったのか？」

「それはまだ分かりませんが、前島要が卒業したY大というのは、中高大学と一貫制で、前島要も尾上竜之介も、そのY大の付属高校を卒業していますが、中野慎太郎も、Y大の付属高校を、卒業しています。ただ、大学には行っていないみたいですが」

と、北条早苗が、いった。

「そうすると、中野慎太郎は、前島要や尾上竜之介に対して、高校の先輩ということ

に、なるわけか?」

「そういうことになります。それは、確認しました」

北条早苗が、いった。

(これで、前島要と、中野慎太郎とが繋《つな》がったな)

と、十津川は、思った。

その時、十津川の携帯に、電話が入った。相手は、小西敬一郎だった。

「新宿西口の、ホテルのロビーでお会いしたい。十津川警部は一人で来て下さるとありがたい」

と、いう。

十津川は、何か、難しいことになりそうだなという予感を持ちながら、小西が指定した、新宿駅の西口にあるホテルに、いわれた通り、一人で出かけた。

ホテルのロビーに着くと、小西も一人で来ていた。

十津川は、小西に向かって、いきなり、

「前田勲こと、前島要の行方を、知っているんじゃありませんか?」

と、きいた。

「確か、あなたは、寺坂吉右衛門《きちえもん》になるといって、姿を消されましたね。寺坂吉右衛門は四十七士の中で、一人だけ別行動をとったことで知られています。ということは、自分もまた、最初から、警察とは、別行動をとるつもりだったんですね」

「そうですね。警察の中にいて、警察と同じ捜査をしていたら、今回の事件は、真相に近づけないと思っていたんですよ。そこで、事件の中に出て来ていながら、誰も注目しない人間がいないか調べてみたんです」

「それで、前田勲という男を見つけたんですね？」

「そうです。必死で、この男を探し出しましたよ」

「それで見つけた？」

「まあ、そうです」

「ぜひ、何処《どこ》にいるか教えて貰《もら》いたいですね」

「たしかに、私は、彼がどこにいるか知っています。しかし、申し訳ありませんが、今はまだ、お教えするわけにはいかないのです」

と、小西が、いった。

「つまり、私には、教えたくないということですか？」

「時間が、欲しいのです」

「時間がですか？」

「今逮捕されたら、前島は、何も、話さないといっています。全てを隠したまま死んでしまうといっているのです」

「それで、時間が、与えられたら、どうするつもりなんですか？」

「自分のしたことを、全て、手紙に書き出してから自首すると、いっています。そのための時間が欲しいと」

「小西さん、いいですか、あなたが今やっていることは」

と、十津川が、いうと、小西は、その言葉を遮って、

「よく分かっています。ですから、正式に池袋警察署に退職願を、送っておきました」

「困りましたね。前島は、全てを告白した手紙を書いた後、本当に、警察に自首してくると、小西さんは、思っているんですか？」

「私は、そう信じています」

と、小西が、いった。

「参りましたね」

と、十津川は、いった。

今、目の前の小西敬一郎に、何としてでも、前島要の居場所を、いえといっても、

小西は教えないだろう。このまま引き留めたところで、事態はよくはならないと、十津川は、考えた。

「それでは、小西さんが、責任をもって、対処してください」

とだけ、十津川が、いった。

6

翌日、前島要の手紙が、捜査本部宛《あ》てに、届いた。

「今回の事件については、私がY大のギリシャ哲学科に入ったところから書き出さなければなりません。

私は、両親を早く亡くして、天涯孤独でした。その私の唯一《ゆいいつ》の慰《なぐさ》めが、歌舞伎を見ることでした。もし、歌舞伎というものがなければ、私は、たぶん、十代のうちに、この世におさらばしていたと思います。

高校に入学して、同じ学年に、歌舞伎役者の尾上竜之介がいることを知りました。

しかし、同じクラスではなく、顔を合わせる事も、ありませんでした。

高校を卒業して、Y大のギリシャ哲学科に進んだところ、驚いたことに、尾上竜之介が、たった三人のクラスのクラスメートとしていたのです。ほかにもう一人、佐々木香里という女性が、いましたが、その時の私の目には、尾上竜之介しか、入ってきませんでした。

この時の気持ちを何といったらいいのか、今でもうまく説明ができません。とにかく、私は、ひとめ見た瞬間に、尾上竜之介を、男として愛してしまったのです。彼の顔、彼の声、彼の動作、あのぞっとするような色気。私にとっては、全てが感動でした。

尾上竜之介にとって、私は、ただの、ファンだったかもしれません。逆に、私にとっての彼は、こんないい方はおかしいのかもしれませんが、人生のすべてのような気が、していたのです。

楽しかった毎日、しかし、苦しいことも毎日のようにありました。彼が、ほかの男性と親しげに、話しているのを見ると、私は、抑えようとしても、嫉妬《しっと》の感情を抑えることができませんでした。

Y大を卒業すると、私は、両親の遺産を使って、マンションの一室にテレビ番組の制作会社を作りました。別に、制作会社を、やりたかったというわけでは、ありません。ただそういうものを作っておけば、歌舞伎の取材に行き、尾上竜之介に、会うことができるだろうと、考えたからです。

尾上竜之介は、役者として大きくなり、男としても美しくなっていきました。

私は、それを見るのが楽しかった。同時に、苦しくも、ありました。

彼がより美しく、より有名になれば、それだけ、私から離れていくように、思われたからです。そして、あの事件に、ぶつかってしまったのです。

尾上竜之介が、山本由美という女性アナウンサーを好きになった、というのです。

私は、恥ずかしさを忘れて、竜之介本人に聞き返しました。

『本当に、あのアナウンサーのことを好きになったのか？』

そうしたら、竜之介は、

『ああ、本当に、惚れてしまったんだ。十二月の公演が終わったら、告白して、付き合ってもらうつもりだ』

と、私に、いったのです。

私は、その言葉を聞いて、深い絶望に、襲われました。

これで、本当に、尾上竜之介は、私の手の届かないところに、行ってしまう。

私は、竜之介に、おめでとうと、いいました。

そのあと、私は何日かかけて青酸カリを手に入れ、彼の大好きな焼酎を買って、その中に仕込んだのです。去年の十二月二十五日、忠臣蔵の千秋楽の日に、尾上竜之介に会って渡しました。

『これは、二人へのお祝いだ』

そういってです。

私は、気持ちの上で冷静さを失っていました。駆け出しのアナウンサーなんかに、私の大事な、尾上竜之介を渡してなるものか、そのことだけを、考えていたのです。あの時、私は、頭がおかしくなっていたのかもしれません。

現実は冷酷です。尾上竜之介は、死んでしまいました。しかも、私が思ってもみなかった、心中という形で。なぜか、遺書があったので、私が、疑われることはありませんでした。

しかし、あの時、疑われたほうが、よかったかもしれません。逮捕され、竜之介に対する愛から彼を殺した、といわれた方が、幸福だったかもしれないからです。そうすれば、そのあと、さらに二人の人間を殺さなくてもよかったわけですから。時間が経《た》ってから、私は、尾上竜之介と、アナウンサーの山本由美との心中事件を、少し冷静になって、考えてみたのです。

なぜ尾上竜之介は、遺書を書いたのか？　あれは、本当に、心中だったのだろうか？

もし、心中なら、私の贈った焼酎の中に、青酸カリが入っているのを知っていて、飲んだことになるからです。

そんなことは、考えられません。

ひょっとすると、坂田藤十郎のように、尾上竜之介は、遺書まで書いて、芝居で心中を演じようとしていたのではないだろうか？

そんな風に疑うようになってきたのです。

もし、これが、本当なら、私は、とんでもないことを、してしまったことになります。

私は慌てて、山本由美の実家を訪ねていき、死ぬ直前の、彼女の様子を、両親に聞きました。

その時『週刊真実編集部　前田勲』という偽名の名刺を、両親に渡したのは、あの雑誌が、その前に、歌舞伎の特集をしていたからです。

両親の話を聞いていると、山本由美は、尾上竜之介に恋愛感情を持っていないことが、分かりました。やはり、あの心中は、芝居だったのだと思うようになりました。

それなのに、私が、焼酎の中に、青酸カリを入れておいたので、心中の芝居が、本当の心中に、なってしまったのです。

そのうちに、私と同じように、二人の心中に、疑いを持って調べ始めた人間が、いました。週刊ジャパンの、坂井義之という記者です。私のほうから、この坂井義之に、近づいていきました。

ところが、逆に、坂井義之に、不審を持たれてしまったのです。彼は、私のことを疑い始めたのです。彼は、警察とも繋がりがあるようでした。

仕方がなく、私は、坂井義之が出張したところを狙い、彼を殺してしまいました。

そして、捜査を混乱させるため、中野慎太郎の名刺を日生《ひなせ》に落としてきました。

次は、その、中野慎太郎です。

彼は、Y大付属高校に、通っていて、私の先輩でした。心中事件の後、私のほうから中野慎太郎に、近づいていったのです。

自分でもおかしいと、思いました。中野慎太郎と話をしていると、尾上竜之介の話を聞くことができる。ただそれだけで、危険を承知しながら、中野慎太郎に、近づいていったのです。

そして、坂井義之の時と同じように、私が、尾上竜之介についての、話をすればするほど、相手は、私を、疑ってくるようになったのです。

その揚句、同じように、私は、中野慎太郎を殺さなければならなくなってしまったのです。

どのくらい、私のしたことを知っているのか。それを確かめるため、中野慎太郎が自宅に戻ると、会いにいきました。手に入れた拳銃《けんじゅう》を持って。

あの時、中野慎太郎は、次の舞台の参考に、するためでしょうか、矢絣の着物を着て、私を迎えました。

私の目的を察していたかのように、中野慎太郎は、

『少しだけ待ってほしい』

と、いって、侍の衣装を、矢絣の上から、着て見せたのです。

私も、歌舞伎が好きですから、その意味がわかりました。

私が殺しに行った、その時に、中野慎太郎は矢絣を着ていた。あれは、腰元に扮《ふん》していたのです。そして今度は、侍の衣装を着たのです。その瞬間、中野慎太郎は、腰元から、侍に変わったのです。

あれは、明らかに、忠臣蔵の中のお軽《かる》です。そして、その上から、侍の着物を羽織った。これは、勘平です。その上、勘平を演じた尾上竜之介を暗示して、私に全て知っているぞと断言しているように見えました。

つまり、私に向かって、矢絣の女から侍になって見せ、私が尾上竜之介と山本由美の心中事件に絡《から》んで、殺しに来たことを分かっていると、無言のうちに、私に告げたのです。

一瞬、私は、慄然《りつぜん》としました。

中野慎太郎に、全てを、見破られている。そう思って、震えたのです。

しかし、震えながら、その一方で、尾上竜之介の死を、中野慎太郎がからかっているような気がして、思わず、引き金を引いてしまったのです。

これが、今回の事件に、私が、関係した全てです。

考えてみると、私は、嫉妬から、尾上竜之介を殺しました。その時から、私は、人間としての感覚を、失ってしまっていたのです。

今でも、私は、尾上竜之介を男として、愛しています」

十津川が、その手紙を読み終わった時、待っていたように、小西が電話をかけてきた。

「前島要の手紙、読まれましたか？」

と、小西が、きいた。

「ええ、読みました。後は、彼を逮捕するだけですが、今、彼は、いったい、どこにいるんですか？」

十津川が、きくと、小西は、一瞬、言葉を失ったように、黙って、しまった。

「前島要は、死んだんですか？」

「申し訳ない。今、彼の隠れ家のマンションを訪ねたところなんだが、青酸カリを飲んで、死んでいた」

と、小西が、いった。

たぶん、こうなることは、前から、小西には分かっていたに違いない。

それでも、十津川は、小西のことを、怒る気がしなくて、彼のほうから、黙って電話を切ってしまった。

この作品はフィクションです。
実在の人物、場所とは一切、関係ありません。

二〇一二年二月中央公論新社から刊行され、二〇一四年十一月中公文庫に収録された『赤穂バイパス線の死角』を、新潮文庫収録にあたり改題した。

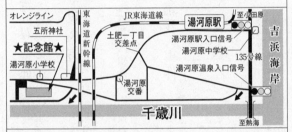

西村京太郎著

神戸電鉄殺人事件

異人館での殺人を皮切りに、プノンペン、東京駅、神戸電鉄と、次々に起こる殺人事件。大胆不敵な連続殺人に、十津川警部が挑む。

西村京太郎著

琴電殺人事件

こんぴら歌舞伎に出演する人気役者に執拗に脅迫状が送られ、ついに電車内で殺人が。十津川警部の活躍を描く「電鉄」シリーズ第二弾。

西村京太郎著

広島電鉄殺人事件

速度超過で処分を受けた広電の運転士が暴漢に襲われた。東京でも殺人未遂事件が。十津川警部は七年前の殺人事件との繋がりを追う。

西村京太郎著

黙示録殺人事件

狂信的集団の青年たちが次々と予告自殺をする。集団の指導者は何を企んでいるのか？十津川警部が〝現代の狂気〟に挑む推理長編。

西村京太郎著

豪華特急トワイライト殺人事件

闇夜を疾走する密室同然の寝台特急で、大胆不敵な予告殺人が……。十津川警部の携帯電話にわざわざ殺人を知らせる犯人の狙いは⁉

西村京太郎著

阿蘇・長崎「ねずみ」を探せ

テレビ局で起きた殺人事件。第一容疑者は失踪。事件の鍵は阿蘇山麓に？十津川警部の推理が、封印されていた〝過去〟を甦らせる。

浅田次郎著

薔薇盗人

父子の絆は、庭の美しい薔薇。船長の父へ息子の手紙が伝えた不思議な出来事とは……。人間の哀歓を巧みに描く、愛と涙の6短編。

浅田次郎著

夕映え天使

ふいにあらわれそして姿を消した天使のような女、時効直前の殺人犯を旅先で発見した定年目前の警官、人生の哀歓を描いた六短篇。

浅田次郎著

憑（つきがみ）神

別所彦四郎は、文武に秀でながら、出世に縁のない貧乏侍。つい、神頼みをしてみたが、あらわれたのは、神は神でも貧乏神だった！

浅田次郎著

赤猫異聞

三人共に戻れば無罪、一人でも逃げれば全員死罪の条件で、火の手の迫る牢屋敷から解き放ちとなった訳ありの重罪人。傑作時代長編。

浅田次郎著

五郎治殿御始末

廃刀令、廃藩置県、仇討ち禁止――。江戸から明治へ、己の始末をつけ、時代の垣根を乗り越えて生きてゆく侍たち。感涙の全6編。

浅田次郎著

ブラック オア ホワイト

スイス、パラオ、ジャイプール、北京、京都。バブルの夜に、エリート商社マンが虚実の狭間で見た悪夢と美しい夢。渾身の長編小説。

山崎豊子著

華麗なる一族（上・中・下）

大衆から預金を獲得し、裏では冷酷に産業界を支配する権力機構〈銀行〉――野望に燃える万俵大介とその一族の熾烈な人間ドラマ。

山崎豊子著

沈まぬ太陽
(一)アフリカ篇・上
(二)アフリカ篇・下

人命をあずかる航空会社に巣食う非情。その不条理に、勇気と良心をもって闘いを挑んだ男の運命。人間の真実を問う壮大なドラマ。

山崎豊子著

白い巨塔（一〜五）

癌の検査・手術、泥沼の教授選、誤診裁判などを綿密にとらえ、尊厳であるべき医学界に渦巻く人間の欲望と打算を迫真の筆に描く。

山崎豊子著

不毛地帯（一〜五）

シベリアの収容所で十一年間の強制労働に耐え、帰還後、商社マンとして熾烈な商戦に巻き込まれてゆく元大本営参謀・壹岐正の運命。

山崎豊子著

仮装集団

すぐれた企画力で大阪勤音を牛耳る流郷正之は、内部の政治的な傾斜に気づき、調査を開始した……綿密な調査と豊かな筆で描く長編。

山崎豊子著

約束の海

海自の潜水艦と釣り船が衝突、民間人が多数犠牲となり批判にさらされる自衛隊……。壮大なスケールで描く国民作家最後の傑作長編。

松本清張著
点と線
一見ありふれた心中事件に隠された奸計！　列車時刻表を駆使してリアリスティックな状況を設定し、推理小説界に新風を送った秀作。

松本清張著
ゼロの焦点
新婚一週間で失踪した夫の行方を求めて、北陸の灰色の空の下を尋ね歩く禎子がまき込まれた連続殺人！『点と線』と並ぶ代表作品。

松本清張著
時間の習俗
相模湖畔で業界紙の社長が殺された！　容疑者の強力なアリバイを『点と線』の名コンビ三原警部補と鳥飼刑事が解明する本格推理長編。

松本清張著
Dの複合
雑誌連載「僻地に伝説をさぐる旅」の取材旅行にまつわる不可解な謎と奇怪な事件！　古代史、民俗説話と現代の事件を結ぶ推理長編。

松本清張著
巨人の磯
大洗海岸に漂着した、巨人と見紛うほどに膨張した死体。その腐爛状態に隠された驚きのトリックとは。表題作など傑作短編五編。

松本清張著
駅路
傑作短編集(六)
これまでの平凡な人生から解放されたい……。停年後を愛人と送るために失踪した男の悲しい結末を描く表題作など、10編の推理小説集。

「週刊新潮」編集部編

黒い報告書

いつの世も男女を惑わすのは色と欲。城山三郎、水上勉、重松清、岩井志麻子ら著名作家が描いてきた「週刊新潮」の名物連載傑作選。

「週刊新潮」編集部編

黒い報告書 エロチカ

愛と欲に堕ちていく男と女の末路――。実在の事件を読み物化した「週刊新潮」の名物連載から、特に官能的な作品を収録した傑作選。

「週刊新潮」編集部編

黒い報告書 エクスタシー

「週刊新潮」の人気連載が一冊に。男と女の欲望が引き起こした実際の事件を元に、官能シーンたっぷりに描かれるレポート全16編。

「週刊新潮」編集部編

黒い報告書 インフェルノ

色と金に溺れる男と女を待つのは、ただ地獄のみ――。「週刊新潮」人気連載からセレクトした愛欲と官能の事件簿、全17編。

「週刊新潮」編集部編

黒い報告書 クライマックス

不倫、乱交、寝取られ趣味、近親相姦……愛欲の絶頂を極めた男女の、重すぎる代償とは。「週刊新潮」の人気連載アンソロジー。

「週刊新潮」編集部編

黒い報告書 肉体の悪魔

男と女を狂わせるのは、肉の欲望か、心に潜む悪魔か。実在の事件を読み物化した「週刊新潮」連載からセレクトした14編を収録。

新潮文庫最新刊

中島京子著
樽とタタン
小学校帰りに通った喫茶店。わたしはコーヒー豆の樽に座り、クセ者揃いの常連客から人生を学んだ。温かな驚きが包む、喫茶店物語。

藤田宜永著
わかって下さい
結婚を約束したのに突然消えた女。別の男と結ばれてしまった幼馴染み。人生の秋を迎えた男たちの恋を描く、名手による恋愛短編集。

加納朋子著
カーテンコール！
閉校する私立女子大で落ちこぼれたちを救済するべく特別合宿が始まった！　不器用な女の子たちの成長に励まされる青春連作短編集。

山口恵以子著
毒母ですが、なにか
美貌、学歴、玉の輿。すべてを手に入れたりつ子が次に欲したのは、子どもたちの成功だった。母娘問題を真っ向から描く震撼の長編。

霧島兵庫著
信長を生んだ男
すべては兄信長のために——。弟は孤独な戦いの道を選んだ。非情な結末、最期に通じ合う想い。圧巻の悲劇に、涙禁じ得ぬ傑作！

柏井壽著
祇園白川　小堀商店
いのちのレシピ
伝説の食通小堀が唸り、宮川町の売れっ子芸妓ふく梅が溜息をもらす——。美味、人間ドラマ、京の四季。名手が描く絶品グルメ小説。

新潮文庫最新刊

小林秀雄著
ゴッホの手紙
読売文学賞受賞

ゴッホの絵の前で、「巨《おお》きな眼」に射竦《いすく》められて立てなくなった小林。作品と手紙から生涯をたどり、ゴッホの精神の至純に迫る名著。

J・ノックス
池田真紀子訳
笑う死体
—マンチェスター市警 エイダン・ウェイツ—

身元不明、指紋無し、なぜか笑顔——謎の死体〈笑う男《スマイリー》〉事件を追うエイダンに迫る狂気の罠。読者を底無き闇に誘《いざな》うシリーズ第二弾！

今野敏著
棲月
—隠蔽捜査7—

鉄道・銀行を襲うシステムダウン。謎めいた非行少年殺害事件。姿の見えぬ〝敵〟を追え！ 竜崎伸也大森署署長、最後の事件。

高杉良著
めぐみ園の夏

「少年時代、私は孤児の施設にいた」（高杉良）。経済小説の巨匠のかけがえのない原風景を描き、万感こみあげる自伝的長編小説！

石井遊佳著
百年泥
新潮新人賞・芥川賞受賞

百年に一度の南インド、チェンナイの洪水で溢れた泥の中から、人生の悲しい記憶が掻き出され……。多くの選考委員が激賞した傑作。

小林秀雄著
批評家失格
—新編初期論考集—

近代批評の確立者、批評を芸術にまで高めた小林秀雄22歳から30歳までの鋭くも瑞々しい論考。今文庫で読めない貴重な52編を収録。

十《と》津《つ》川《がわ》警《けい》部《ぶ》　赤穂《あこう》・忠臣蔵《ちゅうしんぐら》の殺意《さつい》

新潮文庫　　に - 5 - 40

令和二年十月一日発行

著者　西《にし》村《むら》京《きょう》太《た》郎《ろう》

発行者　佐藤隆信

発行所　株式会社　新潮社

郵便番号　一六二―八七一一
東京都新宿区矢来町七一
電話　編集部(〇三)三二六六―五四四〇
　　　読者係(〇三)三二六六―五一一一
https://www.shinchosha.co.jp

価格はカバーに表示してあります。

乱丁・落丁本は、ご面倒ですが小社読者係宛ご送付ください。送料小社負担にてお取替えいたします。

印刷・三晃印刷株式会社　製本・株式会社植木製本所

ISBN978-4-10-128540-5 C0193